華麗的誘拐

西村京太郎 著

林達中 譯

新雨出版社

推薦

不同的西村京太郎

杜鵑窩人

對於我這種五年級的推理迷而言，在書房中擁有最多作品的推理作家，排行前三名正是西村京太郎、赤川次郎和松本清張。在那個版權不太被重視的年代，由於出版社的編輯主要是以暢銷為取向，所以就大量引進日本暢銷作家們的作品，而那時的日本作家繳稅排行榜的前兩名正是西村京太郎和赤川次郎！雖說赤川次郎的作品在台灣譯作已經超過百本，但對我這個推理迷個人而言，他的作品以推理小說來說，其整體的評價並不算太高。但是，西村京太郎的譯作雖多，評價卻大不相同，因為他有不少值得推理迷回味再三的佳作，例如：《天使的傷痕》、《終點站殺人事件》、《殺人雙曲線》、《寢台特急謀殺案》和《無畏的名偵探》等等。

本書的作者西村京太郎，本名為矢島喜八郎，出生於東京。他的家中原本經營煎餅店，高中時進入了都立電機工業學校就讀，後轉學入陸軍幼校，但該校因日本戰敗而解散，因此他又轉回原校就讀。畢業後，他通過臨時人事委員會（如今人事院的前身）第一回職員採用考試，進入了該機構任職，曾經擔任了十一年的國家公務人員。他曾嘗試以本名參與講談社的長篇偵探小說徵文，雖然他的作品入圍了決選的十三篇之一，但並未能獲得首獎（順道一提，該屆首獎即為鮎川哲也的代表作《黑色皮箱》（新雨出版））；他亦曾參加第三屆亂步賞的徵文（此為該獎改變制度後，第一次對外公開徵文），但敗給了仁木悅子的《只有貓知道》。

西村京太郎決然離開公職後，意欲開始以職業作家為生。雖然他參加了不少文學獎的競賽，但是都鎩羽而歸，都不能如願以償地獲得首獎而一舉成名。而當其退職金已逐漸用盡，且在加入研究大眾文學的「新鷹會」磨練自身寫作技巧的同時，西村京太郎為了生計而換過諸如貨車司機、保險推銷員、中央賽馬會職員、保全警衛和私家偵探等職業，因而有充分的自由時間來練習寫作的職業。幸運地，他的這一番苦心和努力，終於得到了實質的回報。他在一九六三年靠著《扭曲的早晨》這一短篇，獲得第二屆《ＡＬＬ讀物》推理小說新人獎，而開始在文壇上嶄露頭角。其後，他在一九六四年寫下個人的第一本長篇《四個休止符》，使他開始受到矚目，這本書在之後並且改編成電影；接下來在一九六五年，西村又進一步以《天使的傷痕》獲得了亂步賞。而在進入一九七五年之後，西村陸續發表了《消失的油輪》、《消失的船員》，《火焰的墓碑》等一連串海洋懸疑推理作品。一九七八年，他推出了第一本「列車殺人事件」系列的推理小說《寢台特急謀殺案》，進而成為暢銷作家；同時，他在一九八一年，亦以此系列的第三作《終點站殺人事件》，獲得了第三十四屆推理作家協會賞的「長篇小說獎」。

西村京太郎以鐵路為中心所寫的旅情推理小說，由於伴隨著旅行與鐵路熱潮，因此開啟了閱讀西村作品的熱潮。而他後來所寫的「車站系列」以及「列車幹線系列」推理小說皆本本極為暢銷，甚至被改編為電視劇，也進一步鞏固了他在推理小說界的地位。

一般讀者對西村京太郎筆下的偵探，應該是以十津川省三警部最為熟悉，在《十津川警部的對決》（新雨出版）中，已經可見其百折不撓的堅忍風格；而本書《華麗的誘拐》中出現的私家偵探左文字進，則是另一位西村筆下的名偵探。德日混血兒的美日雙重國籍私家偵探左文字進，最初於一九八〇年發表的《消失的巨人軍》一書中登場，而本書則是一九八二年出版、左文字進所處理的第二起案件。

本書是以有人將日本一億兩千萬人視為肉票而加以綁架，要求政府乃至所有肉票交付贖金而展開的故事；整個故事的構想極為新奇而有趣，而由此書更可看出暢銷作家西村京太郎，在逐步邁向顛峰時期的想像力與創作力是多麼的驚人。

在日本情報推理小說（甚至有推理小說讀者批評為網路剪貼簿小說）充斥的現今台灣推理小說市場，能夠出現這麼一本充滿想像力的精彩作品，雖然說是一九八〇年代的舊作，反倒是好得讓人耳目一新，完全讓讀者有著不一樣的感受！

（本文作者為知名推理評論者）

目次

華麗的誘拐

第一章　奧林匹克作戰

1

左文字偵探事務所位於新宿西口的三十六層超高大樓頂樓。

自從掛牌營業到今天，剛好滿一個月，可是，連一個上門的客人也沒有。

這家偵探事務所只有所長和祕書兩名員工，擔任祕書的史子是左文字的新婚妻子。

「祕書報告。」史子向伸出長腿欣賞新宿夜景的左文字說：「以目前業績來看，這個月是要掛零了。」

「是的。」左文字笑著說：「因為這個月毫無進帳哪。」

「我認為不能把事務所設在三十六樓。」

「為什麼呢？」

「因為搭電梯到這裡要花三分鐘。」

「正確來說是三分六秒。」

「如果用來思考，這段時間是足夠了，可是，對來委託調查的客人而言，這段時間不是很容易讓他改變心意回去嗎？」

「妳很有哲學的觀察力嘛。」

「不要開玩笑。」史子皺著眉頭說。

左文字依然很開心的說：「為了讓心情輕鬆一下，我們到樓下的『耶特蘭雪』喝咖啡，妳看怎樣？」

「如果要喝咖啡，這裡有即溶咖啡。」

「女人就是女人——」

「你說什麼？」

「我是說女人很有經濟觀念，是很好的事情，可是，現在我很想喝真正的咖啡。」

從旋轉椅站起來的左文字，是個身材高挑的男子。

再加上黑頭髮、藍眼睛，外表一點也不像是日本人。

左文字進是在一九四五年出生於洛杉磯，母親是日本人，父親是德裔的美國人。

他繼承了母親東洋人特有的細膩、同時也繼承了父親洋人的外表，以及重視邏輯思考的脾氣。

他在哥倫比亞大學唸完犯罪心理學後，在舊金山的偵探事務所上班，直到父母親相繼去世後，他才前來日本。那時他解決友人所捲入的事件，跟在事件中認識的藤原史子結婚，取得日本籍後，便在這裡開設起偵探事務所。

2

「耶特蘭雪」位於二樓，是一家以美味咖啡聞名的店。

在天高氣爽的時候，連陽台都擺著桌子；在初春的現在，可以透過玻璃窗欣賞夜景。

店的角落裡擺了一台白色鋼琴，有一個年輕的女鋼琴師正面無表情地彈奏著小夜曲，讓人覺得好像是工讀生在彈奏。

桌子大約有三、四十張。

由於附近的上班族下班後，有很多人來這裡喝咖啡，所以這個時候幾乎是座無虛席。

左文字和史子等靠窗的座位一空出來，立刻坐下去。

背後的牆壁上掛著「位於本大樓三十六樓的左文字偵探所，受理各式各樣的調查，調查正確、交件迅速、收費低廉，ＴＥＬ：３４４－８９ＸＸ」的廣告，是店老闆好意給他打廣告的，可是，好像一點效果也沒有。

大概是來這家咖啡店的客人全都過著幸福的生活，沒有必要拜託偵探事務所調查吧！事實上，來這裡喝咖啡的客人，以年輕情侶居多數。

今晚，坐在左文字隔壁桌的客人，也是對二十來歲的年輕情侶，還不時發出爽朗的笑聲。不須多問，只要看他倆都身穿藍色制服、聽他倆的談話，就知道是大學生。

「從下個月起，有必要改變經營的方針。」史子一面在咖啡裡加砂糖，一面以嚴肅的表情說道。

隔壁桌的情侶從國外旅行談到搖滾樂、接著談黃色笑話，讓左文字聽得津津有味，也因此，他並沒有聽清楚史子在講什麼。

「妳說什麼？」左文字問。

「真是傷腦筋，專心聽我講話好不好？」

史子一緊張、或是不高興時，講話就比較粗魯點。

「我很專心在聽啊！我要兩杯。」

「砂糖自己放。」

「呀！呀！」

「離婚的第二原因是經濟出問題，希望你牢牢記住。」

「第一是什麼？」

「性格不合。」

「那我好像不用擔心會離婚。」

「為什麼？」

「因為朋友都說我們是性格相似的夫婦。」

「這還是我第一次聽說我們有拍馬屁的朋友。」

就在史子以不悅的口氣這麼說時，隔壁桌忽然傳來了有如野獸般的慘叫聲。

「哇！」

左文字大吃一驚地回頭一看，只見直到剛才都還有說有笑的長髮年輕人抓著喉嚨，從椅子滾到了地板上。

緊接著，他的女伴也發出尖銳的慘叫聲，往地板倒下去。

椅子發出激烈的碰撞聲倒下，咖啡杯凌空飛起，潑出來的熱咖啡濺在左文字的褲管上。

「救、救命呀！」

倒在地板上的青年一面打滾，一面以淒厲的表情慘叫著，聲音就像被擠壓般沙啞。

女子則是像蛇一樣，蜷縮著苗條的身體不停呻吟著，全身還不住地痙攣。

其他桌的客人不知道發生了什麼事，只是茫然注視著眼前的景象。

左文字很冷靜地做出反應。

「叫救護車！」

他向在附近的服務生這樣說完之後，轉向史子吼叫道：「讓她吐出來！」

「什麼？」

向來很剛強的史子也嚇得不知所措。

「她中毒了。」

「要怎樣才能讓她吐出來？」

「讓她喝水，就比較容易嘔吐，然後用手指摳她的喉嚨。」

左文字抱起渾身顫抖的青年，強行撬開他的嘴巴，把水灌進去。

接著，用兩根手指插進對方的喉嚨。

青年一面發出呻吟聲，一面陸續吐出褐色的液體。

在隔壁，史子也對女子採取同樣的急救方法。

「沒有用，」史子悲痛地說道，「愈來愈衰弱了。」

青年也是；多半是劇毒，在吐出來之前，毒性就已經蔓延到全身了。

這時，救護車終於趕了過來。

3

左文字和史子以目擊者的身分被叫到新宿警署。

雖然他們已經陳述了事件的經過情形，可是不知為什麼，警方卻不讓他倆回去。

「真倒霉。」史子在昏暗走廊上的堅硬長椅坐下來之後，向坐在旁邊的左文字聳肩說道。

「這時候，一定會有第一個客人前來拜訪事務所吧！」

「為什麼妳會那麼想？」

「因為人在倒霉的時候，都是那個樣子。如果你不相信的話，等我們回去之後，你一定會在事務所的門上，發現被踹的痕跡啦！」

「妳很會想像呢。」

「話說回來，為什麼問完話後，不讓我們回去呢？」

「我不知道，或許警方在懷疑我們毒殺那對情侶也說不定吧？」

不用說，這是左文字在開玩笑。左文字說完之後，拿出香菸。

只有鬧區的警署才顯得很熱鬧，喝醉酒的醉漢被帶進來；被扒巨款的中年職員，臉色蒼白地衝進來；像是兼差的賣春女，一臉不高興地被帶進來；在酒吧打架，滿臉是血的年輕男子也跟著進來。

左文字覺得很有趣，一點都不感到無聊。

將近一個小時後，一名年輕警察前來，很客氣地向他倆說道：「請跟我來。」

左文字夫婦被帶到了署長室。

室內有兩個男人。

一個是署長，另一個是身穿西裝的男子，左文字對這個人有印象。

這個男子是警視廳搜查一課的矢部警部[1]，中等身材，很能幹。左文字因為以前曾和他一

註1：警部為日本警察階級之一，屬中階警官。

起偵辦巨人隊被誘拐的案件，所以跟他很熟。

「一個多月不見了呢。」矢部向他們笑著說道。

「哪，請坐！」署長請左文字和史子坐下。

「那兩個人怎麼了？」

史子這麼一問，矢部說道：「一送到醫院就死了。是氰酸鉀中毒，男女都是。」

「我實在搞不懂。」這時，左文字忽然插嘴說著。

「什麼事？」矢部反問道。

「對我們的問話應該已經結束了，為什麼還把我們留置在這裡呢？更讓我不懂的是，搜查一課的你怎麼會在這裡呢？」2

「關於這點我會做說明。」

「那就請說明吧！」

「只是在說明以前，我想跟你約定，希望你在聽完我的說明後，能協助我們。」

「看樣子，好像是很困難的案件囉。」

「啊！是的。我也能跟她約定嗎？」

矢部這麼一問，史子也以嚴肅的表情點著頭說：「可以。」

「那，我就從今晚的事件開始說明起吧！」

矢部盤起腿，點燃煙斗，這種態度看起來好像很沉著，但其實也有可能只是故作鎮定而已。

「男性死者是S大學文學院的學生，今年二十歲，名叫青木利光；女性死者則是T女子大學的學生，現年十九歲，名叫橫尾美津子。不過，這兩個人的名字沒有多大的意義。」

「為什麼呢？」

「這個等我講完你就明瞭了。死因就如剛才所言，是氰酸鉀中毒死亡。雖然從他倆喝的咖啡內檢驗出有氰酸鉀反應，不過，最值得注意的是，擺在那張桌子上的糖罐砂糖，被摻入了大量的氰酸鉀粉末。」

4

「這是真的嗎？」

「我沒有必要說謊吧！」

「我可是搜查一課的員警啊！我當然知道我在說什麼。」矢部苦笑著。

可是，左文字卻蒼白著臉說道：「今晚我們去那家店時，座位全部客滿，等了一會後，靠窗

……………

註2：搜查一課是直屬於警視廳本廳刑事部，專責偵查重大案件，例如殺人、搶劫、強姦、綁架或縱火等罪行的單位；因此，該課的幹員會出現在地方警署，本身就是件不尋常的事。

桌子的客人一走，我們就在那桌子坐下來。接著，隔壁桌也空下來，於是那對年輕的情侶就坐下去。如果反過來是那張桌子先空下來的話，坐在那邊的就會是我們，而如果真是這樣的話……」

「沒錯，現在變成冰冷的屍體躺在醫院裡的，就會是你們兩個了。」

「你也未免說得太輕鬆了。」

左文字臉上終於恢復了笑容。

「我只是在陳述冷酷的事實罷了。那家店的老闆和店員可以不用考慮，如此一來，就是在那對情侶之前，坐那張桌子的客人把氰酸鉀摻進砂糖裡面的了。」

「不，不能那麼說。」左文字提出異議。

「為什麼呢？」

「就算那對情侶前面的客人喝的是咖啡，也有可能沒加糖，因為喝黑咖啡的客人非常多；因此，或許再前面的客人才是犯人也說不定。」

「說的也是，何況女服務生很清楚記得在那對情侶之前的客人的樣貌，所以應該不是犯人。」

「是不是蓄長髮、留鬍子，身穿褐色的厚毛線衣，年約二十七、八歲的男子？」

「你怎麼會知道呢？」

「我在美國時曾在私家偵探社工作過。跟你一樣，那是我的職業，所以很自然便養成了觀察周遭人的習慣。」

「原來如此，問題是犯人的目標是不是那對情侶呢？」

「我不這麼認為。」

「為什麼不是？」

「我聽過那對情侶的對話，可以用天南地北、無所不談來形容。在談話中，他們曾經提及自己是第一次來這家店，不過覺得氣氛非常好。既然他們是偶然前來這家店，再加上如果那時其他桌先空下來的話，他們一定會坐其他桌子——我這樣說，你應該懂了吧？何況剛才你不是也說過，死去的那兩個人的名字，沒有多大的意義嗎？」

「是的。雖然我沒有聽到那對情侶的談話，不過，從另外一面可以知道犯人的目標應該不是那對情侶。」

「那麼，對犯人而言，殺害任何人都可以嗎？是無差別殺人嗎？」史子皺著眉頭說道。

「是的，太太。」

「這真是沒有道理，由於誰死了都沒有關係，才把氰酸鉀摻進咖啡店的砂糖罐裡面，這種人的頭腦一定大有問題。」

「不過，也顯示出對方是很冷靜的人。」

「這真是起很有趣的案件。」

左文字這麼說完之後，矢部警部相當粗魯地彈掉煙斗裡的煙灰，開口說道：「雖然很有趣，但也是件相當棘手的案件啊！我再確認一下，當你聽完我的說明之後，希望你能協助我們，你答應幫忙嗎？」

「我可以向上帝發誓。」

「這裡是日本，縱使不向上帝發誓也可以。」

矢部說完之後，從皮包裡面拿出一台袖珍型錄音機，擺在桌子上。

「首先請聽聽這段錄音。這是三天前，也就是三月二十一日下午，打到首相公邸的電話錄音。」

「那麼，接電話的是首相本人嗎？」

「不是，是祕書官。電話全程都被錄音下來了。」

說完，矢部便按下錄音機的播放鍵。

5

男子的聲音——是首相公邸嗎？

祕書官——是的。

男子的聲音——我有非常重要的事情要跟首相講，你能轉達嗎？

祕書官——你有什麼事情儘管說好了，我會幫你轉達給首相。

男子的聲音——你叫什麼名字？

祕書官——渡邊祕書官。

男子的聲音——你真的會幫我轉告首相嗎？

祕書官——如果是重要的事情，我一定會轉告。

男子的聲音——是非常重要的大事，比起任何緊急事件都來得重要，因為跟一億日本人的生命有關。

祕書官——你叫什麼名字？

男子的聲音——我不能說，不過，我可以把我們團體的名字告訴你，是藍獅，Bluelions。

祕書官——藍獅？

男子的聲音——是的，以後我們還會以這個名字打電話，因為這是我們的稱號。

祕書官——請說你的大事。

男子的聲音——在我說以前，我想先確認一下，日本首相的職責，是對外代表日本、對內維護日本國民的安全嗎？

祕書官——是的。不過，你所說的國民安全，如果是勞動災害，就由勞動大臣負責；公害問題是由厚生大臣負責；國家安全就由防衛廳長官負責；犯罪問題則由法務大臣與國家公安委員長負責。

男子的聲音——可是，任命這些大臣的是首相吧？

祕書官——是的。

男子的聲音——如果是的話，那負最大責任的人不就是首相嗎？

祕書官——依照法律來說，的確如此。不過，如果是小陳情，希望你到各省廳的窗口辦理，因為厚生省和勞動省都有窗口；如果是犯罪事件，請你到你所居住的地區警察署商談。

男子的聲音——陳情？窗口？

祕書官——是的。

男子的聲音——很好，你給我聽著，由於這是事關所有日本人的安全，所以我要跟首相談；這是一億，不，正確說是一億兩千萬日本人的安全，這裡面當然也包括你和首相在內。

祕書官——如此一來，你是想對最近傳言的駿河灣大地震和關東大地震提出寶貴的意見嗎？

男子的聲音——你說什麼？

祕書官——一個禮拜以前，有個自稱是地震研究專家的人打電話來，說根據他長年研究的結果，三月十九日，也就是前天下午兩點，會有八・六級的大地震襲擊東京，要首相立刻把一千萬的市民和周邊住戶疏散掉；可是，三月十九日下午兩點，什麼事也沒有發生。如果你是對這個問題有話要說的話，你可以打電話到氣象局觀測部的地震課，電話號碼是……

男子的聲音——（噗哧的笑聲）如果你把我們視為跟那種渾蛋是一丘之貉，那麻煩可就大了。

祕書官——既然如此，那你所說的「所有日本人的安全」，到底是怎麼一回事？

男子的聲音——很好，你給我仔細聽著，因為下面是非常重要的事情——我們藍獅，從今天起將發動「奧林匹克作戰」。

祕書官——奧林匹克？

男子的聲音——奧林匹克作戰。根據這項作戰，我們要綁架日本國民一億兩千萬人。

祕書官——（說話口氣突然變得粗暴）綁架一億兩千萬人？你的腦筋是不是秀斗了？

男子的聲音——你不要激動，冷靜聽我說。我們只是綁架日本國民，不用說，綁架之後，當然要對方付贖金；而我們要求贖金的對象是代表日本、維護日本人安全的最高責任者——首相，所以才打電話到首相公邸。為了一億兩千萬人的安全，希望首相能付我們五千億圓贖金。

祕書官——五千億圓？

男子的聲音—是的。我聽說目前日本的防衛經費一年大約就是五千億圓，現在一億兩千萬日本人的安全落在我們藍獅的手中，我們要求五千億圓贖金，不是理所當然嗎？立刻轉告首相，如果在二十三日之前，得不到首相的答覆，那我們便不得不開始殺害人質了。

祕書官——真是無聊（喀嚓一聲，掛斷電話）。

6

矢部警部停止播放錄音帶，向左文字夫妻詢問意見：「對這件事，你們有何想法？」

「無聊。」史子聳了聳肩說道。

「的確是很無聊。」左文字以同樣的語氣說著，接著又繼續說道：「可是，電話中男子的聲音很尖銳，讓人覺得很冷靜。」

「沒有進行電話反偵測嗎？」

聽史子這麼一問，矢部苦笑著應道：「因為首相公邸沒有警察啊。」

「那麼，這卷錄音帶有立刻交給警察偵察嗎？」左文字面有難色地向矢部問著。

「沒有，因為渡邊祕書官也認為對方是精神異常者，所以才置之不理。說到底，這也是很正常的事情，因為每天都有很多人打電話或寫信給首相。渡邊祕書官把其中一部分的信拿給我看、播放錄音帶給我聽，裡面的確都是一些突發奇想，例如剛才錄音帶中提到的那個自稱地震研究家的電話啦、或是獨子離家出走的家長向首相陳情尋找愛兒之類的。不只如此，在這初春時節，腦筋有問題的人也時常會打電話給首相，例如有人說最近地球電磁氣紊亂、地球會爆炸，也有人說宇宙人住在他家，讓他感到很傷腦筋等等。」

「也就是說，祕書官把這通電話和其他電話視成同一類了？」

「嗯，是的。如果這是來自右翼或左翼的威脅，大概會立刻和安全部門聯絡吧！」

「可是，你為什麼這麼認真在處理一通被認定是精神異常者所打的電話呢？」

「在接到這通電話的第二天，也就是三月二十二日下午，自稱為藍獅的男子又打電話到首相公邸，請你聽聽這次的電話錄音。」

矢部警部更換錄音帶後，按下播放鍵。

緊張、安靜的署長室裡，再度傳出電話的對話聲。

男子的聲音——你是渡邊祕書官吧，我還記得你的聲音。就如昨天所說的，我是藍獅的一員，昨天的口信已經轉告首相了吧？

祕書官——我能那種開玩笑的電話轉告給日理萬機的首相嗎？那種事就連小孩子都不會相信吧！

男子的聲音——你在胡說什麼？身為首相祕書官，腦筋竟然那麼笨，實在讓人驚訝。

祕書官——你說什麼？

男子的聲音——好啦，我再告訴你一遍：我們已經展開奧林匹克作戰，要綁架日本國民，身為祕書官的你，為何這麼怠慢，不把如此重要的口信轉告首相呢？

祕書官——（笑聲）喂！你說要綁架日本人，那我問你，你要怎麼綁架？在哪裡下手呢？你去洗把臉，讓腦筋清醒清醒，然後去看看今天早上的電視新聞吧！昨天天氣非常晴朗，全國各地的遊樂場所都擠滿了人，今天大概也一樣吧，難道你們要綁架這些人嗎？

男子的聲音——真是傷腦筋的人。看來你把綁架給格式化了；難道只有把女人和小孩強押上車、然後關在山中小屋裡，才算是綁架嗎？那只是其中一種綁架形式罷了。我來告訴你綁架的正確定義，你給我仔細聽好了：「以欺瞞或誘惑為手段，把人從原來的保護狀態下轉移到自己或第三者的支配下」，這就是綁架的正確定義。

祕書官——欺瞞？

男子的聲音——也就是欺騙呀！不過，這個定義的前半段並不重要，因為也有使用暴力的情形，也有像這次一樣，連自己都不知道被綁架的情形；重要的是後半段，也就是當人們從被保護的狀態變成無防備狀態，就形同是被綁架了。從我現在打電話的地方可以看到廣場，看到很多小孩子在玩耍，也有好幾對情侶在談情說愛，呈現出如你所說的和平景象；可是，他們的性命操在我的手上，我可以從這裡用手槍狙擊他們，只要我一扣扳機，他們必死無疑，這種事情誰能防備。因此，他們在我的支配下。我們藍獅散布在全國各地，不管是在北海道或是九州，隨時隨地都可殺害一億兩千萬人質中的一個，誰能防範？

祕書官——你瘋了。

男子的聲音——不，我的ＩＱ是一五〇。我們把一億兩千萬的日本國民當成人質，安置在我們的支配下，隨時隨地都可以殺害他們，你們能加以防範嗎？目前全國的警察約為二十萬人，二十萬名警察能保護一億兩千萬人嗎？就算把自衛隊加進去，也不足五十萬人，想一個一個加以保護，根本是不可能的事情，即使最新銳的戰車和噴射戰機，也發揮不了任何作用。我這樣說，你總該明白了吧？

祕書官——你知不知道你盡說些無聊的話？

男子的聲音——這種小孩子式的吵嘴，一點意義也沒有。就如昨天所說的，我們已經展開奧林匹克作戰，綁架日本國民；我們要求贖金五千億，期限是三天，你已浪費了一天，如果在明天得不到首相的答覆，三月二十四日，我們將會殺害第一個人質，屆時一切責任可要由首相來承擔。

祕書官——等一下，你……

男子的聲音——明天我還會打電話給你，但願那時你已經把我們的口信轉告首相了。

7

儘管矢部警部已經停止了播放錄音帶，但接下來有好一段時間，卻沒有任何人開口說話。

「所謂ＩＱ一五〇，究竟有多聰明啊？」署長打破鬱悶的沉默這麼問道。

左文字重新點燃香菸後說道：「美國有一個名叫『門薩學會』（Mensa）的團體，是由ＩＱ在一四五以上的人組成的團體；有趣的是，這個團體的成員幾乎都相信有幽浮的存在。」

「如此一來，ＩＱ一五〇算是非常聰明囉？」

「如果這男子所言屬實才算數。」矢部警官像是不吐不快地說著。

左文字向矢部問道：「第二通電話，祕書官應該有報警處理吧？」

「有，翌日，我們前往首相公邸詢問了各種問題，也聽了那兩卷錄音帶。」

「第三通電話是首相接的嗎？」

「因為那天剛好沒有召開內閣會議，而首相又是以親民作風聞名，所以他便親自接聽了電話。現在就讓我們來聽那卷錄音帶。」

「從沒能順利逮捕犯人這點看來，反偵測沒有成功吧？」史子問道。
「是的。反偵測沒有成功，妳只要聽這卷錄音帶，將會發現對手非常的小心。」
矢部警部又換上新的錄音帶，按下播放鍵。
左文字盤著長腿，叼著香菸傾聽著。
史子也是一面咬著手指頭，一面傾聽著；她在緊張的時候，就會出現這種舉動。

男子的聲音——我是藍獅，已把我們的口信轉告首相了嗎？
祕書官——已經轉告了。
男子的聲音——結果呢？
祕書官——首相本人要跟你談談。
男子的聲音——那樣最好，你就請他聽電話。
首相——是我。
男子的聲音——我記得你那有特徵的聲音，看來好像是本人。
首相——祕書官已經把你們的口信轉告給我了。
男子的聲音——那麼，你要付五千億圓贖金嗎？
首相——既然你是個聰明人，應該知道我不能隨便動用國家預算。
男子的聲音——我已經打聽到一些有趣的事情。為了一部分人的利益，你們不是動用了國家預算造橋鋪路嗎？歷代的內閣不都是這麼做的嗎？在田地正中央興建政治車站，也是使用國家預算，既然如此，這次事關日本全國國民的安全，為了國民的安全，不是可以使用國家預算嗎？為什麼你說不行呢？

首相——因為我沒有那種權限。

男子的聲音——為了保護日本的安全，每年不是都要使用五千億圓的預算嗎？每年花費這麼多錢，建造毫無用武之地的戰車、飛機和軍艦，就是為了保護日本，也就是保護日本國民的安全；如果是這樣的話，同樣是為了日本國民的安全，不是可以動支防衛費五千億圓嗎？

首相——沒有那種前例呀！

男子的聲音——那你就開先例好了。

首相——你實在是無理取鬧。

男子的聲音——既然你已經決定不付這筆錢，何以還要接聽電話？是為了反偵測，以便逮捕我，才不得不接聽電話吧？

首相——沒有那回事。我之所以不能付這筆錢，是因為立場不一樣的關係。

男子的聲音——立場呀！那我要暫時掛斷電話，以後再討論囉！

首相——你要掛斷電話？

男子的聲音——是的，因為我不想被反偵測。

＊

男子的聲音——是我，藍獅。

首相——你在幹嘛？

男子的聲音——我只是移動位置而已。你說由於立場不一樣，所以無法支付五千億圓的防衛費，那一架幾十億圓的戰鬥機就非常有必要了？

首相——為了保護日本，那是非常有必要的。

男子的聲音—那麼，你就動員自衛隊引以自豪的戰車、戰鬥機和軍艦去保護被我們當成人質的日本國民吧！如果你能一個一個保護住他們的話，那我們也會替你拍手叫好的。

首相——等一下。

男子的聲音——什麼事？

首相——如果可以不使用國家預算，而用我的零用錢的話，或許我可以付給你。

男子的聲音——（笑聲）零用錢？

首相——我是以清廉為宗旨的政治家[3]，因此，我沒有幾百萬、幾千萬圓可以使用，頂多只有五、六十萬圓可用，正因如此，你可以中止這種無聊的遊戲嗎？身為首相的我，在此向你拜託！

男子的聲音——如果一時拿不出那麼多錢，那五百億圓也可以。

首相——五百億圓？

男子的聲音——財界給保守黨的政治獻金，一年不是有五百億圓嗎？

首相——沒有那麼多，頂多一百五、六十億圓而已。如果你不相信，可以去看自治省[4]的公報。

男子的聲音——那是申報的額度，實際上總數應該在五百億圓以上，這是常識。你就支付那五百億圓，如果貴黨的國會議員講話的話，你可以跟他們說為了國民，應當犧牲自己；或許財界大老也會講話，那你也可以跟他們說你付這筆錢，不是為了自己的利益，而是為了國家、國民的安全。何況你不但是首相，同時也是保守黨的總裁，為了一億國民的安全，要付五百億圓贖金，應該很容易才對。

首相——那是不可能的事情。

男子的聲音——你的意思是說，你沒有能力統御貴黨？無法說服黨員和財界人士嗎？

首相——（生氣）混帳！我告訴你，我是不會為這種無聊的事情付你五百億圓的！

註3：本故事中影射的首相，是一九七四至七六年間擔任首相的三木武夫。三木在任內致力於改革金權政治，有「清廉的三木」之稱，但只任職兩年，便遭黨內既得利益派系逼迫下台。

註4：日本中央政府機關之一，負責地方各都道府縣的行政、消防、選舉、財稅等相關事務，二〇〇一年廢止。

男子的聲音——那麼，再說下去也沒有用。由於你和政府的無能，我們不得不殺害人質；屆時，你和政府一定會被指責為無能。

首相——喂！喂！喂！喂！

祕書官——首相，對方已經掛斷電話了。

8

「然後，就是今晚有兩名人質被殺害嗎？」

左文字用熠熠生輝的藍色眼眸，注視著矢部警部。

「大概是吧。不過，那對情侶被別的人、別的理由殺害的可能性也不是沒有，比方說是被暗戀者殺害之類的；只是，這種可能性幾近於零。就如你所說的，我們不知道誰會遇害，因為對把全日本人當成人質的藍獅來說，誰死都一樣。」

「真是瘋子。」史子很生氣地說道。「因為什麼人都可以殺害。」

「可是，那個男子的話很正確呀！我們是碰上難纏的對手了。」

左文字才這樣說完，史子就用嚴厲的眼神瞪著丈夫說：「你在胡說什麼？」

「妳仔細想想看，我們不僅不知道犯人是誰、在什麼地方，也沒有保護自己的方法。如果犯人要殺害特定的人，我們就有保護的方法，可是，對方是把一億兩千萬人全都當成人質，殺害一億兩千萬人當中的某個人，對他們來說也只不過是在殺害人質而已。就如他所說的，我們無法動員有一〇五毫米大砲的新銳戰車，和二‧五馬赫的新銳噴射戰鬥機來加以防範。」

「那麼，如果是自己保護自己呢？」

「對於從未有過自我防衛先例的日本來說，那是太難了；更何況在日本，也無法弄到槍枝自衛，只有暴力集團才能弄到。還有，如果發表說『由於有人要狙擊你，請各自保護自身的安全』的話，日本一定會陷入一片恐慌之中。」

「是的。」矢部點著頭說道。「因此，我想暗地裡儘快解決這起事件，也因此，才拜託身為民間人士的你們加以協助。」

「你有信心可以解決這起事件嗎？」

「老實說，我沒有把握，不過，非儘快解決不可。如果犧牲者增加，讓媒體嗅出端倪的話，勢必會加以報導；一旦報導出來，正如你所言，民眾必定會陷入恐慌之中。」

「關於打電話來的那個男子，你們完全沒有任何頭緒嗎？」

「我們已經把他的聲紋，拿去請教聲音辨識專家的意見了。」

矢部說完，拿出警察記事簿，翻閱著說道：

「專家根據聲紋，大致描繪出那個男子的輪廓：首先是年齡，大約二十歲到三十歲之間。」

「範圍實在太廣了。」

「我也是那麼想呀！接著，由於說話沒有鄉音，所以在東京長大的可能性非常大。堅忍不拔的性格，自我表現慾非常強。另一點是，由電話中的談吐，可以聽得出對方受過高等教育。」

「只有這些嗎？」

「很遺憾，目前知道的就只有這些。」矢部一臉悵然地說著。

「那麼，我來補充好了。」

聽左文字這麼一說，矢部不禁大為吃驚地問道：「補充什麼？」

「這個男子有駕照，會開車。」

「為什麼你知道他會開車？」

「剛才的錄音帶沒有加以剪接吧？」

「沒有。」

「犯人曾說『我要暫時掛斷電話』對吧？我計算了一下直到下通電話撥來的時間；在這段時間內，錄音帶一直保持轉動，對吧？」

「是的。因為不知道會發生什麼事，所以我們讓錄音帶持續轉動著。」

「這段時間一共七分三十九秒。我不認為犯人是打一般公用電話，因為有可能會被旁邊的人聽到，如此一來，想必是在電話亭打的。用走路移動位置，七分鐘內頂多只能移動兩、三百公尺，我不認為在這麼短的距離內，又會有另一座電話亭。而且，他也害怕被反偵測出來，因此距離太近的話，我想他心裡也會感到不安吧！另一方面，就算是騎腳踏車，七分三十九秒也不可能騎很遠。」

「我也認為是車子，不過或許是搭計程車也說不定呀。」

「我不那麼認為。」

「為什麼呢？」

「從電話亭走出來叫計程車，行駛七分三十九秒後，又進入電話亭裡，這樣的行為太過奇怪，會引起計程車司機的注意；以ＩＱ一五〇自豪的犯人，應該不會做出這種笨拙的事情才對。如此一來，我認為犯人是利用車子移動，只是不知是他一個人開車，或是別人開車。」

左文字一面說著，一面在腦海裡努力勾勒著犯人的形象。

講電話的聲音很沉著，經常發出笑聲。

是個對自己有絕對信心的男子，縱使是首相接聽電話，講話的口氣也沒有改變；看不出對現任的首相是尊敬或鄙視，只能感覺得出有種勇猛的氣勢。

不像是身強力壯犯罪者的形象，也不像是手無縛雞之力的書生型；雖然乍看之下很平凡，但或許只是表面看起來聰明文弱，實際上卻是空手道高手。人，特別是男人，光是聰明，絕不會有那種自信；只有對於一對一的肉搏戰有自信的男子，才會那麼冷靜。

「藍獅嗎？」矢部厭煩地吐出這麼一句後，轉頭面向左文字說道：「你想這個男子真的有夥伴嗎？或是他口口聲聲說『我們』，只是在虛張聲勢？」

「我不知道。不過，我認為先假設對方有夥伴來研擬對策比較好，因為這樣做最安全。」

「奧林匹克作戰，到底是什麼意思？」

署長環視著室內三個人的臉。

有點胖、但給人敦厚感的署長在遇到奇怪事件時，就會露出嚴厲的眼神。

「會不會是在誇耀有世界各國的年輕人，參加自己的計畫？」這樣回答的是史子。

「原來如此。」署長雖然嘴上這麼說著，可是臉上並無贊同的表情。

「你對這有何看法？」矢部看著左文字說道。

左文字又點燃一根香菸，擺在他眼前的菸灰缸，菸蒂已堆積如山。

左文字只要一緊張，就會變成大菸槍，香菸猛抽個不停；不過，這也是他最充實的時刻。

「我在美國的時候，對戰史很感興趣，因此閱讀過有關第二次世界大戰的資料，當然也包括了太平洋戰爭。當時在美軍的攻勢中，沖繩是最後一站，換句話說，太平洋的戰爭，理應就在沖繩告一段落。可是，由於日本頑抗、不肯投降，於是美軍便考慮在十月一日進攻日本本土，地點是九州南部，這次的進攻計畫，就取名為『奧林匹克作戰』。」

「犯人是從這段歷史獲得靈感、並將自己的計畫命名為奧林匹克作戰嗎？」

「如果是占領日本，我想這個名字很適合。又，當時的美軍心想，如果進攻九州南部的奧林匹克作戰無法讓日本投降的話，那麼他們考慮在兩個月後，要進攻日本的心臟——關東平原；這次的進攻計畫，則是取名為『皇冠作戰』。」

「如果真如你所說的，那麼這次的犯人或許對二次大戰史很感興趣也說不定。」

署長很感興趣地說著。年過五十的署長在戰時曾以一等兵的身分在南方戰線作戰，似乎因此也對戰史相當感興趣。

左文字微笑著。

「或許犯人把自己的行動比擬成戰爭也說不定；根據他們的理論武裝，向國家的公權力挑戰。」

「如此一來，這就成為麻煩的事件了。」

「因此，我才希望身為民間人士的你協助我們。」矢部說道。

「我當然樂於協助，可是，由於那是我的職業，所以希望能付我費用。」

「好吧，我會透過渡邊祕書官，讓首相知道你的要求。這筆錢應該可以從首相的零用錢當中來支付才對。」

「一天一萬圓；還有，逮捕到犯人時，要付我成功報酬金。」

「私家偵探真是好生意呀！」

「在美國，一天是一百美金（三萬日圓），這是常識。」

「我知道。」

「不過，我想請問一個問題。」

「你想問什麼？」

「誇稱世界第一的日本警察，何以要花日薪請身為民間人士的我加以協助呢？」

「就如剛才所說的，因為這是非常特殊、也非常棘手的案件，所以才請你協助。我國的警察機構的確非常優秀，可是，像這種特殊事件，比起警察的直線搜查，民間人士的迂迴偵探反而更能發揮效果，所以才請你協助。」

「真是強人所難哪。」

左文字臉帶微笑地說道。矢部一臉不悅地反問：「你說什麼？」

「我在說實話呀！實際也是如此，我只是偶然身處在殺人的現場，而且是奇妙誘拐事件的殺人現場；如果我們只是一般的民間人士，大概會放我們走吧，可是，我們是私家偵探，所以就不肯輕易放我們離去。想在事件的四周隨意打聽，本來就很困難，如今還要我們協助搜查，這不是強人所難是什麼？難道我說錯了嗎？」

「真是阿彌陀佛。」矢部苦笑著說道。

9

左文字和史子返回自己的事務所。

夜一深，從三十六樓看到的東京夜景就更加美麗，宛如夢幻世界一般。

眼底下是一片閃閃發光的光海，成一直線延伸的兩條光線，大概是甲州街道[5]吧！

「東京的夜景，比我待過的舊金山夜景漂亮多了。」

左文字在旋轉椅坐下來後，抬眼看著窗外。靠近窗子再加上三十六樓的高度，讓他不禁有種彷彿置身夜空中的錯覺。

「那是因為看不到人的關係。」史子說。「這下面擠滿了人；可是，一想到殺害無辜情侶的犯人也在人群裡面，這種美景就黯然失色。」

「妳還真是欠缺夢想哪。」

「我警告你，我們是為了工作才搬來這裡，可不是為了欣賞夜景。我在想，一個月沒有工作，會不會讓你的腦筋變鈍了呢？」

「放心啦，我的灰色腦細胞[6]還健在呢。老實說，我只是暫時對藍獅無計可施而已，就如同警察一樣。」

「他們接下來會採取什麼行動呢？」

「明天，他們大概又會打電話到首相公邸吧！他們一定會揚言說，自己已經殺害了兩名人質，如果再不付五千億圓贖金，還會繼續殺害人質。可是，警方卻束手無策，因為不知道對方要殺害什麼人，畢竟，連人質本人都不知道自己被當成人質，這就很難防範哪！」

「實在是很令人厭煩的事件。」史子把椅子搬到左文字的旁邊坐下來。

「雖然是令人厭煩的事件，不過，也是有趣的事件。」

……………

註5：從東京通往山梨縣甲府的道路，始自東京日本橋，經新宿、八王子、相模原等地入山梨縣。

註6：這是阿嘉莎•克莉絲蒂筆下名偵探赫丘利•白羅的口頭禪。

左文字點燃香菸，史子也跟著叼起了菸。

「怎樣的有趣法？」

「以這種形式進行的綁架，還有自稱是藍獅的這群人，都是我頭一次碰到的類型。通常犯人都是在都市的某個地方放置定時炸彈，然後威脅說『不想讓市民被殺害就付贖金』。空中搶劫和海上搶劫也是綁架的一種形式，他們是費盡苦心上飛機和船，然後以武器威脅乘客。可是，藍獅卻什麼也沒有做，只是打電話到首相公邸，說他們已經綁架一億兩千萬國民做為人質。像這種事情，就連小孩子也會做，可是，在途中殺害人質，卻說這不是無意義殺人，是因為不付贖金，才不得不殺害人質，我們卻對這種行為無從防範。」

「你簡直就像是在誇獎自稱是藍獅的這群法外狂徒很聰明嘛！」

「他們的確很聰明。」

「儘管你說他們聰明，可是，我卻認為他們很傻。」

「為什麼？」

「我指的是向首相要求拿防衛費五千億圓來付贖金呀！首相無法隨意動用國家預算，這是連小孩子都知道的事情呀！」

「那對方也說了，拿財界的五百億圓政治獻金來也可以呀！」

「可是，總裁的權限並沒有大到可以隨意使用政治獻金，以前保守黨就曾經為這種事情發生爭執，這是眾所周知的事情。犯人提出對方無法做到的要求，能說很聰明嗎？」

「的確如妳所言，因此，我對之後的發展很感興趣。犯人不是傻瓜，而是冷酷的聰明人，如果有夥伴的話，大概也是同樣的聰明人，那麼，這些人到底在想什麼呢？我很想立刻知道，因為知道後，很有可能是這起事件的一大轉機。」

「我可以問你一個問題嗎？」

「妳想問什麼？」

「這只是假設而已，如果首相有權付五千億圓贖金，那犯人要如何收取這筆錢呢？以一個皮箱裝一億圓來算，得要五千個皮箱才行呀！」

第二章　重要關係人

1

雖然青木利光（二〇歲）和橫尾美津子（十九歲）被自稱是藍獅的犯人殺害，是錯不了的事實，可是，警方為了慎重起見，還是針對他們的人際關係進行了徹查。

青木和美津子都是離開父母親身邊，住在東京的公寓裡；雖然稱不上是多優秀的學生，不過也不是壞學生。

關於兩人之間的關係，青木的朋友和美津子的朋友都知道。父母親寄給他倆的生活費，以一般學生的情況來看，算是平均值左右的金額；兩人都沒有向人借錢，也沒有跟人結怨。

第二天，也就是三月二十五日的早報，對於他們的死，以這樣的方式寫著：「不可解的死亡」，同時報紙也這麼責備：「如果是因為有人把氰酸鉀摻進砂糖裡面，才造成那對情侶死亡的話，這是最惡質的惡作劇。」

由於政府方面下達了封口令，所以沒有一家報紙報導藍獅打威脅電話到首相公邸的事情。因為警方不想讓社會大眾知曉這件事，而這也是首相的意思。

中午時分，矢部把報紙塞進大衣口袋後，前往位於港區高輪的首相公邸。

由於公邸的構造很舊，住起來很不方便，所以歷代的首相有很多並沒有住進其中，而是從自己的家裡前往位於千代田區永田町的首相官邸[7]上班。不過，現任的首相則住在公邸，每天從公邸前往永田町處理公務。

渡邊祕書官出來迎接矢部。渡邊年約三十五歲，是T大畢業的秀才，將來也有心要成為政治家，這種人最讓矢部頭疼。

「藍獅還沒有打電話來嗎？」

「還沒有。」渡邊祕書官從無框眼鏡的後面，以強烈的眼神睨視著矢部說道。「有沒有找到犯人的線索？」

「尚未找到。首相呢？」

「由於下午兩點要召開內閣會議，所以他已經去官邸了。」

「首相看過今天的報紙了嗎？」

「跟平時一樣，一面吃早餐，一面看所有的報紙。」

「對於在新宿死去的那對年輕情侶，首相有沒有說什麼？」

「並沒有特別交代什麼，只說身為首相，不能屈服於任何威脅。」

「是嗎？」

矢部只是這麼應了一句，然後便進入書齋。光是為了首相的威嚴，最好能解決這次的案件。

昨天進駐書齋的兩名刑警和兩名技官，一臉緊張地迎接矢部。

雖然前面的三通電話都是在下午兩點打進來的，可是，也不能只在那個時候叫刑警和技官在書齋守候。

女傭送來紅茶和餅乾。

矢部只喝沒有加糖的紅茶。由於沒有胃口吃餅乾，所以他點燃香菸後，好像要讓自己鎮定下來般，抬眼看著窗外的廣大草坪。

草坪終於長出了綠色的嫩芽。

（無聊的案件。）

矢部這麼喃喃唸著。當警察十六年，這還是他第一次碰到這種案件。

雖然是無聊的案件，可是不能又置之不理；然而遺憾的是，以目前的狀況，這案子似乎又無法解決，所以才讓他感到更生氣。

下午兩點。

就在矢部抬起眼注視桌上的電話時，電話鈴聲突然大作。

「請接電話。」

矢部向渡邊祕書官說道。

祕書官一拿起電話聽筒，錄音機立刻啟動。透過麥克風，聲音傳遍了書齋。

……………

註7：日本與台灣的機制不同，首相辦公的地方稱為「官邸」，住所則稱為「公邸」。

祕書官——喂！喂！

男子的聲音——是我，藍獅。我現在感到很悲傷，因為我們不得不殺害兩名人質。這個責任應由首相完全承擔，因為他拒絕我們的要求。

祕書官——因為你向首相提出了他做不到的要求，關於這點，聰明的你應該很清楚才對。五千億圓的國家預算，不是總理說用就可以用了。

男子的聲音——可是，我們已經讓步到只要把財界捐給保守黨的政治獻金五百億圓支付給我們就行了，但首相不也拒絕了嗎？

祕書官——因為這也是無理的要求啊！

男子的聲音——選舉的時候，你們不是向財界要求幾百億的援助嗎？為了一億兩千萬日本國民的生命安全，為什麼不能向財界勸募這筆錢呢？

祕書官——因為立場不一樣，保守黨總裁無法向財界募款。

男子的聲音——這是首相的答覆嗎？

祕書官——不是，是我的意見。不過，如果首相在這裡的話，我想會做同樣的答覆才對。

男子的聲音——我沒有想到日本的首相居然那麼不關心國民的生命安全，實在令人感到驚訝。如果我們的要求再度被拒絕的話，悲劇將會發生，因為我們不得不殺害下個人質。

祕書官——等一下！

男子的聲音——如果人質相繼死亡的話，社會大眾一定會拿兩件事情來責備首相和政府；一是如剛才所說的，不關心日本國民的生命安全，二是每年花費五千億圓的防衛經費，卻無法確保國民的安全。

祕書官——喂！喂！不能再商量一下嗎？

男子的聲音——如果無意接受我們的要求，再談下去也沒用。

祕書官——喂！喂！喂？喂？

「已經掛斷了。」渡邊祕書官用手擦拭著額頭上的汗水。「電話反偵測沒有結果嗎？」

「沒有偵測出來，因為時間太短了。」專門的技官搖著頭說道。

「這該怎麼辦才好？」渡邊祕書官以責備的眼神注視著矢部警部。

「以目前的狀況，我也無計可施。」矢部很老實地回答道。

「那麼，你要袖手旁觀，坐視新的犧牲者出現嗎？警察怎麼可以這麼冷血呢？」

「有人被殺，警察不可能會無動於衷。」矢部也以嚴肅的表情回答。說到遺憾，身為事件負責人的矢部比一般人更為遺憾。

「可是，請你想想看，犯人的人質超過一億人，而全國的警察也不過才二十萬人，二十萬名警察當一億人的保鑣，那是不可能的事情。何況如果真如犯人所說，他不只有同夥，而且是散布在全國各地的話，或許對方現在已經在北海道的某個海角殺人、或是在九州殺人也說不定；總之，犯人可以隨心所欲地殺人，我們根本無從防範，除非剛好警察在那裡，或是有目擊者，但我們可以從昨晚的事件得知，犯人絕不會做得那麼笨拙。」

「可是總該想想辦法吧？因為一個搞不好的話，會影響到首相的人氣。由於犯人都是在下午兩點打電話，那麼應該可以派警察監視公共電話亭才對；如果把一般公用電話包括在內，數量是太多了點，可是，如果只是電話亭，數目應該不會很多才對啊！」

對於渡邊的意見，矢部苦笑著說：「這種想法我們早就已經想到了，我們已命令市內所有電話亭旁邊的派出所派員就近監視，調查下午兩點打電話的人。你知道東京有多少座公共電話亭嗎？光是都內二十三區，就有九千兩百三十四座。」

「如此一來，或許能夠逮捕到犯人也說不定。」

「如果能夠，那就太謝天謝地了；可是，我認為還是不要抱太大希望比較好。」

「為什麼呢？」

「前三通電話恐怕是從市內的公共電話亭打來的，因為就算被發現、被逮捕，也不會被判重刑。」

「綁架應該是重罪呀！」

「渡邊先生，所謂綁架一億兩千萬名日本國民，犯人可以推說『自己只是隨便說說』，而檢察官也無法以綁架罪嫌將犯人起訴。就如同犯人自己所說的，目前狀況跟綁架事件沒有兩樣，可是，犯人並沒有綁架任何一個人，這是他聰明的地方所在。不過，有兩個人死了，這樣犯行就變成了殺人罪，因此腦筋很聰明的犯人應該不會大搖大擺地再進入公共電話亭打電話；換言之，他不是使用私人電話，就是從很遠的地方打來的，畢竟目前是可以從札幌或福岡直撥電話到首相公邸的時代。」

「那麼，真的無計可施嗎？」

「我們會盡全力解決這個案件。幸好犯人不像是殺人狂，應該不會大量殺人才對。」

2

在院內閣議室[8]舉行的例行內閣會議，如果沒有重要議題的話，很快就會告一段落。

這天也是三十分鐘就結束會議，之後是閒聊的時間。

「雖然我已經將此事講給法務大臣聽，」首相把接到奇妙威脅電話的事情告訴了在場的眾閣員。「可是，光聽我講，或許無法了解，所以我也把那幾通電話的錄音帶給帶來了，希望各位聽聽看。」

說罷，首相便把帶來的錄音機放在桌上，開始播放問題的錄音帶。閣員們全都相當專注地傾聽著。

帶子播完後，首相開口問道：「如何？我想聽聽各位的感想。」

註8：日本的內閣會議分成兩種情況，國會休會時在首相官邸舉行，開會期間則在國會內的院內閣議室召開。

「豈有此理！」

大聲吼叫的是喜歡浪花節[9]的大木建設大臣。

「這個傢伙一定是激進派的一員！對於這一夥人絕對不能讓步，對他們來說，把他們逮捕起來，送進牢裡，才是最好的治療方法！」

「什麼把防衛預算五千億圓做為贖金、藍獅、奧林匹克作戰，全是一派胡言。」

一臉不高興說話的，是副首相兼大藏大臣[10]井原[11]。

他不但被公認為是下屆首相的熱門人選，而且也對首相一職頗感興趣。

「支付零用錢，不是反而提高對方的胃口嗎？」井原像是在批評似地說道。

比起案件本身，井原更在意這起事件會不會給對手、也就是現任首相造成負面的影響。

對國民來說，現任的首相很親民、人氣也很高，不過在黨內，他是屬於少數派閥，批評他的人也很多。

如果現任首相犯了決定性的錯誤，那下屆首相的寶座一定會落在井原的身上。

「可是，井原君，」首相細瞇著眼睛，從眼鏡的後面注視著井原說道：「對方可是說要殺害人質啊！由於人命關天，我不得不慎重點。」

「法務大臣，」大木大臣依然以很大的嗓門說道：「這真可以稱得上是綁架嗎？雖然犯人特地在錄音帶裡面對綁架做了法律上的解釋。」

法務大臣和田島也有點口吃地吼了回去：「這、這能算是綁架嗎？」

「可是，法務大臣，」以溫和聲音加入討論的，是目前在內閣屬於鴿派，學者出身的望月外務大臣。「不管法律上是怎麼解釋綁架，可是，把一億人當成人質，應該難以保護人質吧。」

「是的，這種事情前所未聞，讓我感到很生氣，很想把這個犯人殺掉。」

「警察對這件事有什麼對策？」井原注視著公安委員長小澤問道。

小澤在內閣中，是最年輕（雖說是最年輕，不過也已經五十三歲了）的一員。由於是第一次入閣，所以顯得有點緊張。

「我已接到警視總監有關這次事件的報告，我要求他們要儘快把犯人逮捕起來。」

「我想聽的是警方的對策。」

「我們已經動員四、五十名警察，以便逮捕犯人──」

「可是，昨晚在新宿不是有兩個年輕男女被自稱是藍獅的人殺害嗎？」

井原以惡意的眼神注視著小澤。

由於這名公安委員長是屬於首相的派閥，所以井原對他說話的口氣自然就不留情了點。

「那兩個情侶──」小澤一面用手帕擦拭額頭上的汗水，一面說道：「由於尚未判定是這次

註9：又稱浪曲，是一種以三味線伴奏，透過歌曲傳頌故事的說唱藝術。

註10：相當於我國的財政部長。

註11：自民黨大派閥福田派（現安倍派）的首腦福田糾夫，一九七六年出任首相，其長子福田康夫亦為首相。

事件的犧牲者，而且我也不是在為警方辯護，因為法務大臣也曾過說這起案件是前所未聞，無法以一對一的方式保護一億的人質，如果向社會大眾公布這起案件，一定會造成社會的不安，因為沒有人知道犯人接下來要殺害什麼人。」

「可是，總不能因此不採取應變措施吧？如果人質相繼殺害的話，遲早會被傳播媒體嗅出端倪，到那時如果還無法逮捕犯人，我們一定會被責難，畢竟現今的社會大眾都是無知的，一發生不幸的事情，就會把責任全推給政府呀！」

「不過，這次的事件應該不全是負面而已。」

這麼說的人是防衛廳長官木村。

據說他是鴿派政治家，不過，自從他就任防衛廳長官後，卻接連發表了許多傾向鷹派的言論。之所以如此，會是他原本就屬於鷹派呢？或者是他在就任時進行閱兵，看到英勇的戰車、大砲和導彈，因此而轉向變成了鷹派呢？

「木村君，你何以這麼說？」

「日本人認為國家的安全可以用錢購買，這點經常被外國人責難。」

「這點我知道，兩個禮拜前，美國的國防部次長在議會上演說『日本應當增強自衛能力』時，曾說過同樣的話。可是，這和這次事件有什麼關係呢？」

「目前雖然是國家的事，可是，跟日本國民的情形相同，目前我國的社會和各國比起來，確實顯得相當和平與安全，但許多國民卻不了解這是政府的不斷努力，以及外有自衛隊、內有警察所達成的。如果因為這次事件使得不安情緒高漲的話，民眾豈不是會要求透過某種方式來維護和平嗎？如此一來，大概不會有人反對增強自衛隊的力量，而革新派的都知事，也不會反對增加警力了吧！因此，這次事件縱使公布出來，也有正面的作用。」木村防衛廳長官很得意地說道。

以前不斷有人反對增強軍備，美國要員前來日本時，也諷刺GNP占自由世界第二名的日本，國防預算竟然那麼少；如果能因此次事件而增強軍備，那確實是件值得高興的事。

「可是，這不也會反而造成民眾的不安嗎？」很客氣提出異議的是自治大臣粕谷。

自治大臣不管就哪一方面來說，都不是很吃香的職位；不過，自治省所管轄的事項，在內閣會議很少成為懸案。

彷彿與這個職位相襯似地，粕谷是個身材矮小，不是很顯眼的男子。

「這次的事件一旦公布出去，引起社會不安時，由於自衛隊空有高性能的武器、警察空有數萬人警力，卻都無法保護人質，不是反而會引起軍備、警察無用論嗎？」

「不會發生這種事情，因為日本國民非常聰明。」

木村一副渾然忘了剛才還在說「日本人無知」的表情。

副首相井原說道：「總之，首相接聽電話是很輕率的行為。」

正當首相要反駁時，祕書官進來，遞給他一張留言條。

首相扶了扶黑框眼鏡後，看著那張留言條說道：

「那名犯人剛剛打電話到公邸，說如果拒絕他們的要求，將會再殺害人質。」

3

翌日，四十七名刑警聚集在新宿警署的特別搜查本部，負責解決這起案件。四十七名刑警參與調查這起案件，雖然只是一時的巧合，不過卻讓矢部警部想起四十七浪士，認為這是吉利的人數。[12]

由於有新的刑警加入，所以矢部再度向四十七名刑警說明事件的經過，並且播放犯人的錄音帶給他們聽。

「這是犯人的聲音，你們要牢牢記住。」矢部環視著四十七名刑警的臉說道。「如果能夠進行公開搜查，在電台和電視台播放這卷錄音帶，並取得市民協助的話，那是最好不過了，可是這樣做，恐怕會釀成社會不安，我以我們不能採取這種手段。因此，你們要仔細聽，把這聲音的主人找出來。」

接著，矢部把四十七名刑警的名字寫在黑板上，分成三組：

「第一組的十五名，繼續清查新宿西口的咖啡館『耶特蘭雪』的客人，首要目標是找到在死去的那對情侶之前，坐十八號桌的鬍鬚男子。雖然目前不知道是不是就是這個男子把氰酸鉀摻入糖罐裡，不過，就算不是，如果能找到這個人的話，或許可以找到再前面一個坐那張桌子的人，所以你們要仔細清查這條線索。還有，其他桌的客人和服務生也有可能看到形跡可疑的人，所以這條線索也不能忽視。」

第一組的刑警領命，一起離開搜查本部。

「接著是第二組。我希望這組去協助公安警察[13]，調查激進派這條線索，因為從打電話到首相公邸，以及要求拿防衛費付贖金這點，讓人懷疑激進派可能會展開新的恐怖行動。你們就向公安索取激進派的名單，然後徹查都內的據點，或許會發現些什麼也說不定。」

第二組的十五名刑警也一同離開了搜查本部。這時，矢部把剩下的十七名刑警聚集到自己的周圍，開口說道：

「你們有各式各樣的事情要做。昨天下午兩點，犯人打電話到首相公邸時，派出所的警察正在監視市內所有的公共電話亭，結果查出有五十七人在公共電話亭打電話，其中男的共有二十一人，這二十一人的住址都寫在這張便條紙上，十個人去清查這些人。」

矢部把複寫的便條紙交給十名刑警。

…………

註12：日本江戶時代赤穗城的四十七名武士，在主君冤枉遭勒令自盡後，以大石內藏助為首展開復仇行動，最後終於成功斬殺了仇家為主君報仇。不過這四十七人在復仇成功後，除一名隨從外，全部遭到幕府以「殺官復仇不可法」為由勒令自盡，所以矢部警部說的「吉利」，其實……

註13：即日本二戰前的「特高」（特別高等警察），專司偵查激進組織、反體制勢力，恐怖分子等危害國安的團體與個人。

這十名刑警決定好自己所負責清查的男子後，也離開了搜查本部。

最後剩下七名刑警。

「你們是備胎，留在這裡以備緊急之需，因為犯人在電話裡說，如果不答應他們的要求，就要再度殺害人質。我希望一旦發生跟這次事件有關的殺人案件時，你們能立刻趕往現場。」

矢部的臉色有點蒼白，是因為緊張和不安造成的。

一億兩千萬人質裡，犯人應該不會殺害幼兒和中小學生，而自衛隊員和警察因為有攜帶武器、且過著團體的生活，應該也不是犯人下手的目標；然而，就算扣除掉這些人，也還有五千萬名男男女女。

要一一保護他們，那是不可能的事，所以才讓矢部感到不安，心情也變得非常沉重。

何時？何地？殺害何人？全都是由犯人決定；也因此，矢部才會感到萬分焦急。如果是狙擊政府要員的話，還可以加以防範、保護，但現在……

「主任。」剩下來的七名刑警當中的一名，開口呼喚矢部。

「什麼事？」

「犯人在錄音帶裡自稱『我們』。主任，依您看，犯人是一個人呢？或是兩個人以上？」

「這實在是很難回答的問題。」

矢部很老實地說完之後，並沒有繼續說下去，而是抬起眼注視著窗外。

大街上已將近黃昏。

街燈已然一盞一盞地亮了起來。

就跟平時一樣，大街上車來車往，年輕的情侶和全家福在人行道上漫步著。

仔細一想，今天是三月二十六日，同時也是星期六。

歌舞伎町一帶有著二十四小時營業電影院、澡堂和酒吧，想必一定會熱鬧通宵達旦吧！

如果犯人就在這擁擠的人群裡面，那麼可能就有人會無緣無故地遭到殺害（不過對犯人來說，殺害人質其實就是理由吧）。

——不，或許已經有人被殺害了也說不定。

矢部回過頭來，與其說是對詢問的刑警，倒不如說是對七位刑警說道：

「老實說，我也不知道。四度打電話來的，都是同一個人的聲音；根據這點來想的話，有可能是單獨犯。而且對方在電話中口口聲聲說『我們有夥伴』，因此很有可能是虛張聲勢。可是另一方面，對方在稱呼藍獅和自己時都是用複數詞，所以也有可能是兩個人以上。」

「如果真有夥伴，而且不只在東京，而是分散全國各地的話，那下次的犧牲者就不一定是在東京了。」

「這也是我現在最感害怕的事。」矢部說道。

矢部想起曾旅行過的北海道千歲機場、札幌市街和定山溪溫泉等地的景色。

另一方面，矢部因為工作的關係，去年夏天曾經去過九州西部的島原半島，以及靠近南端的櫻島。

下次，藍獅會在北部、南部殺害人質嗎？

4

刑警一進入位於新宿西口超高大樓內的咖啡店「耶特藍雪」，經理就開口對他們說：「已經來了。」

谷木刑警忍不住「哦？」了一聲，跟同事井上刑警環視店內。

經理小聲說道：「比死去的那對情侶先坐那張桌子的男子，現在就坐在靠窗邊的那張桌子前面。就是那個留長髮、蓄鬍子，身穿褐色毛衣的男人。」

「沒有弄錯嗎？」

「錯不了，服務生也說就是那個男的。」

「好，我們過去看看。」

谷木刑警說完後，便跟井上刑警往那張桌子走去。

可能是因為報紙報導在這家店裡發生了毒殺事件的緣故，店內的客人只坐了半滿。

他們穿過桌與桌之間的縫隙，走向男子。

遠看時，或許是因為蓄鬍的關係，男子的年紀看起來大約是三十歲左右；不過，走近一看，是張二十五、六歲年輕人的臉。

著。

谷木刑警出示警察證後，向那個男子說道：「請跟我們走吧。」

就在那一瞬間，男子的臉上浮現起迷惑的神色；只見他站起身來，接著又坐下去。

「我什麼也沒有做呀！」

「我知道，我們只是想跟你談談而已。」

「若是這樣，在這裡談不是也行嗎？」

「因為是件有點棘手的案件，所以希望你能跟我們去警署一趟。」谷木刑警用強硬的口吻說著。

店內的客人很自然地向這邊投以視線；那個男子好像受不了被人這樣注視似地，一臉不高興地說：「好吧。」然後拎著牛皮皮包站起來。

「我有叫咖啡，咖啡錢能由你們付嗎？」

「我來付。」谷木刑警苦笑著說道。

兩名刑警把男子帶回搜查本部後，由矢部親自訊問。並不是矢部不相信屬下，而是他不做點什麼事，心情就無法鎮定下來。

在加裝了鐵窗的偵訊室內，矢部和那個男子面對面坐下來。

「首先，請問尊姓大名？」矢部一面微笑著，一面請對方抽菸。

那個男子叼起一根香菸說：「你讓我覺得有點毛毛的。」

「為什麼呢？」

「因為你的態度太過溫和了。」

「民主國家的警察都是很溫和的。話說，你還沒有告訴我你叫什麼名字呢。」

「八木良平，二十六歲。雖然我自認是演奏家，可是總得不到人們的賞識。」

「你知道昨天有一對年輕情侶死在那家咖啡店裡嗎？」

「知道，因為報紙有報導。」

「那兩個人是坐在你坐過的那張桌子死掉的。他們叫了咖啡，把糖罐裡的砂糖加進咖啡裡喝著，沒想到砂糖裡被人摻入了氰酸鉀，也因此，他們才會中毒死亡。」

「這可真是個混亂的世界啊，刑警先生！」

「喂！」矢部突然大吼一聲，瞪視著對方。「小小年紀，不要表現得那麼世故！」

就在那一瞬間，青年的臉色倏地變得蒼白，以畏怯的眼神看著矢部說：「我什麼——」

「好啦，你不用多說。目前已經有兩個人死去，是被殺害的，而你是最有嫌疑的人；你將會因為殺害兩人的罪行，被判刑十五、六年吧！」

「不是我！」八木用哭泣的聲音說著。

「你能證明嗎？嗯？」

「把氰酸鉀什麼的摻進砂糖的人不是我，這是真的！」

「可是，你並無法證明不是你幹的。在死去的那對情侶之前，坐那張桌子的就是你；你一走，那對情侶馬上接著坐下去，結果不久便中毒死亡。就這點來看，任誰都會認為是你把氰酸鉀摻進糖罐裡的。」

「不是我，我不可能會做出這種事情，畢竟我又不認識那對情侶呀！」

「不管誰都可以，你不是只要殺人就很高興嗎？」

「那——」

「要不然，為什麼你沒有死？你叫了咖啡吧？」

「是的，可是，我是喝沒有加糖的黑咖啡。因為前一天跟朋友喝酒過量，為了治療宿醉，所以我才喝黑咖啡的；如果沒有宿醉的話，我也會因為喝摻糖的咖啡而死掉吧！」

大概是因為很害怕的緣故吧，只見八木一臉蒼白地說著。

「那麼，你給我回想一下。」

「想什麼？」

「在你之前坐那張桌子的客人，是怎樣的客人？」

「是像女大學生的兩個年輕女郎。」

「不是在說謊吧？」

「我又不是殺人犯，沒有必要靠說謊來脫罪。」

「其他桌子都有人坐嗎？」

「不，有三、四張桌子空著。」

「那麼，為什麼你不坐那些桌子呢？」

「因為我喜歡坐靠窗的桌子。所以，我才等那張桌子空下來；也正因如此，我很仔細地觀察過那兩個女人。」

「她們喝些什麼？」

「一個喝可樂，另一個喝雞蛋牛奶；由於她倆都沒有加糖，才沒有發生意外。」

就在八木這麼說時，谷木刑警走進來，在矢部的耳邊說道：

「從他的皮包裡，找到了兩百公克的大麻，以及現金兩萬圓。」

「哼！」

矢部冷哼了一聲後，向谷木刑警說道：「換你來訊問。」然後便離開了偵訊室。

一回到搜查本部所在的辦公室，搜查本部長——新宿警署署長松崎，便向矢部問道：「怎樣？那個鬍鬚男是犯人嗎？」

「不，不是，只是把毒品賣給吸毒者，賺取蠅頭小利的混混，做不出像是綁架日本人、向首相勒索贖金這等驚天動地的大事。」

「那就很遺憾了，我一直在想他會不會是犯人的同夥呢。」

「不過，他倒是想起了在他之前，坐在那張桌子的兩名年輕女子。因為他都是利用那張桌子販賣毒品，所以才要特意等桌子空下來。接下來我想製作那兩名女子的畫像。」

「你想那兩名女子會是犯人的同夥，是她們把氰酸鉀摻入糖罐的嗎？」

「如果是的話，那就太好了；不過多半不是吧，因為那兩個人是叫可樂和雞蛋牛奶。」

「為什麼你敢根據那兩樣東西，證明她們不是犯人一夥？」

「想把氰酸鉀摻進糖罐裡，實在太簡單了，只要把氰酸鉀放進去，再加以攪拌就行了；只是，在那家店裡，如果隨意碰糖罐的話，很容易引起人家的注意，畢竟人都很喜歡看別人在做什麼。」

「原來如此。換句話說，像可樂和雞蛋牛奶沒有必要加糖，如果去碰糖罐，一定會讓人感到奇怪。」

「是的。因此，犯人如果叫咖啡或紅茶的話，可以趁加糖的時候，把氰酸鉀的粉末摻入糖罐裡。」

「若是如此，為何你還要繪製那兩名女子的畫像呢？」

「我想依序調查下去。如果那兩名女子能夠想起在她們之前坐那張桌子的客人的話，我們就可以把那名客人找出來；如此一路追查下去，遲早會找到犯人。雖然這樣做費時費力，可是，目前除了這個方法，也沒有其他方法可以找到犯人了。」

「好吧，你就試試看。」

松崎警視立刻打電話到科研所。

三十分鐘後，科研所的職員帶著製作畫像的用具趕抵搜查本部。

專門的技官就在偵訊室裡當場繪製起畫像。由於被搜出大麻，所以八木良平變得很老實，沒有為難負責繪製的技官。

三、四十分鐘後，兩名年輕女子的畫像完成了。

「非常的合作。」技官一面擦汗，一面向矢部問道：「他說他那麼合作，能否請你不要追究大麻的事情？」

「辛苦了。」

兩張畫像都是非常可愛的姑娘。

「跟你所見到的那兩個女人很相像嗎？」

為了謹慎起見，矢部向八木確認道。

「的確是我見到的那兩個女人，實在太像了。」

「是嗎？」

矢部這麼說完之後，把那兩張畫像交給了谷木和井上兩名刑警，叫他們再去咖啡店「耶特蘭雪」走一趟；如果她們是常客的話，那老闆和服務生應該認得。

「由於我花了一個小時的時間協助製作畫像，可以不要追究大麻的事嗎？畢竟在美國，攜帶這種東西是不會被逮捕的。」

「你說什麼？」

矢部以恐怖的眼神瞪視著八木。

「也就是說，由於我協助警方——」

「你不要忘了，你可是殺人事件的嫌疑犯。因為圓滿完成畫像，所以洗清了你的嫌疑；不過，也可以說你是為了自己才協助繪製畫像，不是嗎？怎麼可以用協助警方為由，要求不要追究大麻的事呢？」

「我懂了。」八木低聲說道。「比起殺人犯，還是以非法持有大麻起訴比較好。」

「是非法持有大麻和買賣。」

5

刑事警察跟公安警察間的交惡，是件常常被人提起的事情。

畢竟，儘管有時為了潛入激進派學生當中，不得不穿起學生服，或是一副夾克牛仔褲的打扮，但一般來說，追查和思想有關案件的公安不但資金優渥，而且穿著也很體面，乍看之下根本不像是刑警；相反地，刑事警察則是以身穿皺巴巴的大衣為註冊商標，由這可以看出兩者的待遇有天壤之別。

有人把刑事警察比喻為舊陸軍，公安則比喻為海軍[14]；跟磨破鞋底到處走動，弄得滿身臭汗的刑事警察比起來，公安是時髦多了。

當然，兩者也因此形成了互相競爭的關係。

…………

註14：在二戰前的日本，海軍一向都比陸軍來得生活優渥，可以說是貴族軍種。

只是，有關這次的事件，刑警們非得到公安的協助不可。

矢部接到第二組的首次報告是將近晚上七點，是第二組的領隊松田部長刑事[15]打進來的。

「雖然公安左右為難，不過最後還是答應協助。」

「那麼，公安的意見是什麼？激進派這條線索呢？」

「公安說七分不像，三分像。」

「理由呢？」

「公安說，目前激進派的最大目標，是營救被關進牢裡的幹部，一旦擬訂像是綁架所有日本人這類的奇特計畫，首要目標應該是要求釋放被監禁的幹部才對；就算要求贖金，也會同時要求釋放幹部。」

「原來如此，那剩下的三分呢？」

「公安說，要求拿防衛費五千億圓做為贖金，很像激進派的做法，因為防衛廳也是激進派攻擊的目標之一，他們經常向自衛隊的駐屯地投擲汽油彈。」

「公安有正確掌握住目前在活動的激進派行蹤嗎？」

「聽說目前發現有幾十名，但對方全都潛入了地下，所以找不到他們的行蹤。」

「公安也有不行的地方呀？」

聽矢部這麼脫口一說，松田在電話那頭似乎很愉快地笑了起來。

「我想去協助公安把這幾十個傢伙找出來，讓他們見識見識我們的搜查能力。」松田說道。

「那就拜託你了。」矢部也應道。

針對昨天下午兩點在市內公共電話亭打電話的二十一名男子進行的搜查工作雖然很緩慢，不過卻很紮實在進行著。

直到下午八點，已經確認其中九人是清白的；這九人都是獲得了通話對象的確認，證明他們當時確實在打電話給自己。

這樣下去，明天中午以前大概可以調查完畢吧。

松崎一面喝著茶，一面向矢部說道：「已經很暗了。」

矢部一打開鋁窗，車聲、腳步聲以及人聲，隨著夜氣一起鑽進來。

天空映得一片明亮的地方，大概是歌舞伎町吧。

「這還是我有生以來第一次，像今天這樣害怕夜晚。」矢部一面眺望著遠方的黑暗夜空，一面小聲說道。

「您也會感到害怕嗎？」

「是的。一想到在這種夜晚，犯人不知道會在哪裡殺人，我就忍不住害怕起來。」

「自稱是藍獅的犯人會再殺害人質嗎？」

「會，一定會。」

註15：即巡查部長，日本警察位階的第三級，同時也是基層刑警中位階最高者。

「可是，我實在不懂，不管殺害多少人，國家預算和財界捐給保守黨的政治獻金，應該都不會落入他們手上啊！」

「沒錯。」

「儘管如此，您還是說犯人不是殺人狂？」

「是的。因此我想知道，犯人究竟在想什麼？」

第三章　第二次殺人

1

同一天，北海道依然是冷冽的冬天。

札幌市內也在兩天前的三月二十四日下了一場大雪，現在到處都還殘留著小雪堆。

札幌的花街柳巷就如同東京和大阪的紅燈區，不但人潮擁擠，也各有其趣味性。

芒野一帶因為是領薪日，比平常來得更加熱鬧。

據說芒野現在有超過三千家的酒吧和酒館，可是由於不景氣的關係，每一家店都在打折吸引顧客。

地鐵南北線的終點站——北二十四條站一帶的鬧區被稱為「第二芒野」，風格頗近似於淺草的花街。

這裡有一家名叫K的電影院，由於是星期六，所以掛出了通宵營業的招牌。

場內正放映著超人氣電影《男人真命苦第三集》，幾乎可說是座無虛席、場場爆滿。

晚上九點，第二場電影散場，觀眾們陸續離開電影院。

有人搭地下鐵回家，有人去酒館喝酒，也有人去泡澡堂。

有五個年輕人一起走出電影院，停下來討論去哪裡瘋；最後他們決定去最近以大打折聞名的粉紅沙龍玩，於是五人肩併肩走成一排，有如占據道路般，向霓虹燈閃爍的方向走去。

大約走了二十公尺後，正中央的高個子青年突然「啊！」地慘叫一聲，朝著路面倒了下去。

「喂，小心點啦！」

他的朋友一面這麼說著，一面抓住他的雙手把他拉起來，因為他們都以為他是路滑摔跤了。

可是，那名青年馬上又朝著路面倒下去。

「還沒喝就醉倒了嗎？」

有個朋友一面笑著說，一面注視對方的臉；就在那一瞬間，朋友的笑容頓時僵住了。

因為他發現，青年倒臥處的白雪，轉眼之間已被染成鮮紅。

「快叫救護車！」友人大吼。

2

那個不幸的青年是札幌市內的汽車修理工人，名叫岩田貢一，現年二十二歲。雖然他立刻被救護車緊急送往附近的醫院，可是還沒到醫院就已氣絕身亡。

死因是出血過多。

一發點三二口徑的子彈，從後背貫穿前胸。

這是不折不扣的殺人案件。

警方立刻成立了搜查本部，貫穿岩田貢一身體的子彈在命案現場附近被找到了。令刑警感到遺憾的是，朋友並沒有想到是被槍枝射擊，所以沒有打一一〇報案，就直接把傷者送往了醫院。

警方是接到醫院的聯絡才展開行動，可是這中間足足相隔了有四十分鐘。對兇手來說，四十分鐘足夠讓他逃走了。

這五個青年是高中時代的朋友，職業各異。

對於刑警的質問，四人異口同聲說沒有聽到槍聲。

這也不是沒有道理，因為從昨天起，這附近就開始進行自來水工程，聲音非常嘈雜；況且，兇手也可能使用了滅音器。

「岩田貢一有沒有得罪什麼人？」

刑警環視著四人的臉這麼一問，在國鐵札幌站附近點心鋪上班的胖友人回答說：

「那個傢伙不會欺負人，只會被人欺負而已。」

「這麼說，他是好人囉？」

「是的。」

朋友相繼陳述起被殺害的岩田貢一的優點。

例如他雖然被酒館女郎騙光一生的積蓄，卻依然喜歡著那個女郎；又或者說，假使朋友向他借錢，他絕不會拒絕，如果沒有錢，也會向別人借來借給那個朋友。諸如此類的話語，從幾位朋友口中陸續說出來。

可是，刑警並不完全相信那四位友人所說的話，因為很少有人會說死者的壞話。那天晚上，刑警們和被害者岩田的老闆、家人以及高中時代的老師見面。見面的結果，完全印證了那幾位朋友的話。

死者雖然有點懦弱，不過是個非常好的青年，有兩個姊姊，都已結婚，過著幸福美滿的生活。

死者有一個女朋友，感情很要好，從未吵過架。

刑警感到很困惑，因為不管從哪方面調查，都找不到被害者被殺的緣由。

也因此，有人做出如下的推測：

當時，這五個年輕人以被害者岩田為中心，肩併肩排成一排走路。

會不會是兇手原本想射殺其中一人，可是由於射歪，才不小心命中岩田呢？

這不是不可能的事情。

因為像手槍這種武器，就算高手偶爾也會失手打不中目標；更何況根據搜查現場結果顯示，兇手是從很遠的地方開槍射擊，那天的氣溫也是在零下五、六度，因此狙擊者失手，射殺無冤無仇的岩田的可能性非常之大。

第二天，也就是星期天，搜查本部徹底調查了這四個朋友的底細。

如果這四個人當中有人加入黑社會，或是有強暴婦女之類的前科，就有可能是這次兇手狙擊的對象。

然而，這項搜查在當天下午兩點喊停了。

3

下午兩點，東京。

矢部警部人正在首相公邸。

昨晚在東京市內雖然發生一起殺人案件、兩起強盜傷害案件，一件縱火案，不過犯人都立刻被逮捕。

殺人案件是夫妻吵架，丈夫用木刀毆打太太，結果因為用力過猛，把太太活活打死，所以跟這次綁架案毫無關係。

強盜傷害一件發生在旅館，另一件發生在社區，犯人都是失業的中年男子。

縱火案的犯人是剛從精神病院出院的年輕女子，她在縱火後，神情恍惚地留在原地被逮捕。

警方認為，這些事件全都和藍獅綁架案無關。

（這樣說來，犯人停止殺人了嗎？）

如果是的話，那真是一件可喜的事情——就在矢部這麼想的時候，電話鈴聲突然響起。

渡邊祕書官看了矢部一眼。

「如果是犯人打來的，請儘量拖長對話的時間。」矢部小聲說道。
祕書官一拿起電話聽筒，錄音帶便開始迴轉。雖然這已是第五次，不過大家還是有點緊張。
除了祕書官以外，大家都屏氣凝神傾聽著。
「我是藍獅的一員。」男人的講話聲經由擴音器傳遍室內。
矢部的臉色大變。
因為電話裡傳出的聲音，跟前四次的男子聲音很明顯不一樣。
跟以前稍微有點尖銳的聲音比起來，現在聽到的聲音不是之前的男子。
（會是惡作劇電話嗎？）
矢部雖然一瞬間這麼想，不過，這是不可能的事情。
因為這次的案件尚未告知傳播媒體，只是當成普通的殺人案件發布消息，所以理所當然地，電視和報紙都沒有報導威脅電話的事。
知道這次事件的民間人士，也只有私家偵探左文字夫妻而已，而他倆也應該不會洩露出去才對。
就某方面來說，矢部很討厭左文字，但同時卻也相當信任他。
更何況，這次打電話來的男子一開口就自稱是「藍獅」；由這點可以看出，對方是與事件有關的人。
如此一來，藍獅果然是有兩個人以上嗎？

渡邊祕書官也突然露出了迷惑的臉色，大概是因為對方的聲音不一樣吧。

第二個男子——怎麼不講話？不是首相公邸嗎？

祕書官——是首相公邸，我是渡邊祕書官，只是因為跟之前打電話來的人聲音不一樣，讓我感到有點迷惑而已。

第二個男子——說過了我們有夥伴，不要小看我們。

祕書官——這次有什麼事？

第二個男子——你應該知道我們的要求：把防衛費五千億圓挪作一億兩千萬人的贖金，或是把財界捐給保守黨的政治獻金五百億圓當作贖金也可以。既然理由是為了保護日本國民的安全，把防衛費拿來當贖金，我認為很適合。

祕書官——就如前天首相本人的回應，我們不會答應這種無理的要求。

第二個男子——就因為你們的冥頑不靈，我們不得不再殺害一個人質。這一切的責任，都應由拒絕我們要求的無能首相以及現任政府來負。

「請換我來。」矢部說完，忍不住從渡邊的手中搶走電話聽筒。

矢部——你們在哪裡殺了人？

第二個男子——你是誰？

矢部——我是總理的私人祕書，名叫矢部。

第二個男子——（笑聲）你少騙人了，我們已經徹查過有關首相的事情，他身邊並沒有叫做矢部的祕書，所以你八成是警方的人吧！不過，這樣反而讓我們感到高興，因為你一定也對這次的綁架事件有種無力感才對。

矢部——你們這次又殺了誰？

第二個男子——你沒看報紙嗎？在札幌的北二十四條，昨晚九點七分左右，有一個名叫岩田貢一的二十二歲汽車修理工人死去。他是我們的一個人質，是因為首相和親信冥頑不靈，所以他才會死去的。

矢部——是你們殺死他的，你們才是兇手。

第二個男子——隨你怎麼說都可以，可是，你可別忘了，我們手上可是有著一億兩千萬的人質；只要我們高興，隨時都可以殺害人質。

矢部——這個我知道。

第二個男子——如果知道的話，那你也去忠告首相，叫他接受我們的要求。

對方的聲音很鎮定，若說是一副提供忠告的樣子，其實也相差無幾。跟第一個男子一樣，他的聲音聽起來似乎充滿了自信。

矢部將話筒交還給渡邊祕書官後，用焦急的語氣向在反偵測的部下問道：「反偵測的結果如何？」

「還在進行，尚未偵測出來；不過，好像是從東京以外的地方打來的。」

「多半是北海道，大概是札幌市內吧，你們沿著這條線索調查看看。」

就在矢部向部下下令的同時，渡邊祕書官繼續和對方進行通話。

祕書官——怎樣？你們可以停止這種毫無意義的殺人嗎？

第二個男子——不是毫無意義，我們是在不得已的情況下殺害人質。如果你不想讓我們殺害人質，就接受我們的要求，這不是綁架事件的原則嗎？

祕書官——首相目前正在召開內閣會議，在我向他報告以前，你們可以停止殺害人質嗎？

第二個男子——那麼，我教你一個可行的辦法：如果首相和政府答應我們的要求，就在明天上午召開記者會。

祕書官——記者會嗎？

第二個男子——是的。就在記者會上發表將明年度的防衛費全部移作社會福利，並且加註是藍獅的要求。

祕書官——真是無理的……

第二個男子——如果這個辦法不可行的話，那就在明天向財界大老勸募五百億圓。這些在選舉時可以拿出兩、三百億圓的財界大老，為了日本國民的生命，應該也可以拿出五百億圓才對。又，首相在就職演說時，說要把日本建設成真正的文化國家，而真正的文化就是要重視生命，因此首相可以藉此機會實踐這種政治信條。明天舉行記者會時，首相除了發表財界大老捐贈五百億圓做為贖金之外，還可以用爐邊談話的形式暢談生命的重要性；我們在電視上看到這則新聞，就知道你們已經接受我們的要求。

祕書官——如果首相拒絕呢？

第二個男子——那我們只好再殺害人質、殺害一億兩千萬名人質當中的一人了。我再附帶告訴你一件非常重要的事情：由於我們藍獅也把留在日本的外國人當成人質，所以下次的犧牲者或許是外國人也說不定，如此一來，勢必演變成國際問題，這點請你好好考慮一下。

祕書官——喂！喂！喂！你……

4

讓渡邊祕書官感到很震驚的是，那名男子在電話中說，在日本的外國人也是人質。

如果下個犧牲者是外國名人的話，就如對方所言，勢必演變成國際問題。

渡邊把後續的事情委託給警察後，為了向首相報告此事，便立刻趕往永田町的首相官邸。

首相在官邸和前來日本的加拿大外長開了將近兩小時的會，現在才剛結束。

為了兩國間的懸案——經濟水域的問題，經過激烈的協商後，就連有硬漢之稱的首相也一臉疲倦。

「你不會帶來讓我感到焦慮的事情吧？」首相一面喝著家鄉S縣送來的蜂蜜營養劑，一面向渡邊祕書官說：「今天連我也感到很疲倦，因為剛剛結束重要的會議；我總覺得，首相這個位子根本是為接待外國人而設的。」

「事實上，關於那個綁架案件，犯人又打電話來了。」渡邊誠惶誠恐地說道。

「那個瘋子，我不是全權交由你處理了嗎？國家預算絕不能挪作他用，財界捐贈的五百億也不可能付給他們，如果為這種事情付錢的話，財界也不會開心。而且我的零用金也不能付給他們，昨天的內閣會議上，井原已經把話說得很不中聽了。」

首相輕輕歎了一口氣後，好像是要讓心情平靜下來似地拿出了雪茄。

渡邊用打火機幫他點燃雪茄後，開口說道：「畢竟那傢伙覬覦首相的位子已經很久了，很想把您拉下來嘛。」

首相好似相當苦澀地吐出一口煙後，說道：「這也不能怪他，畢竟政治家都想當首相。」

「那麼，關於剛才的事情……」

「就如我剛剛所說的，對方的要求絕對要拒絕。不然的話，一旦暴露出自己的弱點，井原等人一定會批評我是沒有信念的政治家、容易屈服於威脅的首相，根本不夠資格坐在這個位子上。」

「我在電話中也拒絕了犯人的要求，可是犯人說如果我們不答應，又要殺害人質。」

「那是警方的事情，難道警方束手無策嗎？」

「警方說，目前無法防範。問題是他們……」

「他們？犯人不只一個人嗎？」

「由於今天打電話來的那個男子聲音不一樣，所以我想至少有兩個人。那個男子說如果不答應，又有人質要遇害，而且人質中也包括了現在人在日本的外國人。」

「什麼？」

首相猛然想起了剛剛分手的加拿大外長。對方雖然是個很強勁的對手，不過也是個很傑出的男人；如果那個加拿大外長被殺，該怎麼辦？

這可不是撤換警視總監就能解決的事情。

目前，日本仿效美國的特勤局，成立了ＳＰ（特警隊）。

特警隊的隊員都是柔、劍道三段以上，射擊技巧在二十秒內，能夠中二十五公尺遠、直徑十公分的靶標整整五槍。

特警隊目前的任務，是負責首相、政黨黨魁以及訪日外國名人的護衛任務。

這樣足以維護安全嗎？

剛才會談的加拿大外長也有特警隊在護衛。

（可是——）

首相皺起了眉頭。他並不認為自稱藍獅的人會狙擊有著嚴密護衛的政府要員和外國貴賓。

「目前在日本的外國人有多少人？」

「如果包括沒有入日本籍的南北韓人在內，大約有五、六千人。由於氣候良好，每天都有外國的觀光客抵達羽田機場，此外還有在夜總會上班的外國藝人，詳細的數目無法正確掌握。想一一護衛這些人，那是不可能的事情。」

「如果前來觀光的外國人被殺害的話，日本大概會被批評是治安敗壞的國家吧！」

首相歎息道。昨天跟美國大使會面時，才被對方稱讚說「像東京這種大都會，治安能維持得這麼好，簡直是奇蹟」，結果……

「警方怎麼說？」

「說會盡全力。」

「又是盡全力嗎？犯人都已經打來五通電話了，難道就連一點線索也沒有嗎？」

「只因為這是前所未聞的事件，所以警方好像也感到很苦惱。」

「再去催他們一下。」

「那，外國人質的事該怎麼辦？」

聽渡邊這麼一問，首相把還沒抽完的雪茄狠狠擠扁在菸灰缸裡，爆出青筋瞪視著祕書官。

「難道要在羽田、橫濱跟神戶，向來日本觀光的外國人說『目前日本很危險，請立刻離開』嗎？要是這麼做的話，世界各國不是會恥笑我們日本嗎？你去跟警方說，叫他們給我妥善處理好這件事情！」

渡邊祕書官在很少大聲怒吼的首相斥責下，倉皇失措地逃出了辦公室。

5

回到新宿警署搜查本部的矢部，命令七名待命人員當中的兩人立刻前往札幌。

「你們要有心理準備，這次的搜查可沒那麼容易。」矢部向那兩名刑警說道。「如果是普通的殺人案件，首先調查動機就可以，只要找到懷恨被害人者、借錢者，案件百分之八十可以解決；可是這次不一樣，犯人並不是跟被害者岩田貢一有仇才射殺他，而是因為他是人質當中的一個，才加以殺害。據說當時他們五個人並排走路，子彈命中誰都可以，因為照藍獅的理論來講，五個人都是人質。因此，就算一再清查被害者，也無法找到犯人。」

「了解。」

雖然這兩位都是老練的刑警，可是還是很緊張地如此回答，然後便動身前往羽田。

在「耶特蘭雪」咖啡店喝可樂和雞蛋牛奶的那兩名年輕女郎的身分，在這天傍晚查清楚了。

雖然八木良平說「好像是女大學生」，不過她們其實是新宿西口S商社的打字員。最近的OL、女大學生和已婚女子，光從外表上實在很難分辨出來。

雖然是星期天，不過警方還是前往她們的住所拜訪，向她們詢問一些事情。不過，很遺憾的是，這條線索也到這裡就中斷了。

雖然她們承認自己在三月二十四日傍晚，曾經去「耶特蘭雪」喝可樂和雞蛋牛奶，可是，她們說當她們到達時，那張桌子是空的。刑警不認為她們在說謊。

另一方面，公共電話亭這條線索也觸了礁。

在下午兩點打電話的二十一名男子全部調查完畢，結果全都是清白的。

由此可見，犯人並不是從市內的公共電話亭打電話到首相公邸的。

矢部聽完這些沒有成果的報告後，離開搜查本部，前去拜訪左文字。

一進入位於超高大樓三十六樓的左文字偵探事務所，矢部便看見左文字坐在搖椅上，很悠閒地在打盹。

「真悠閒啊，左文字先生！」矢部語帶諷刺地說道。

史子一面像在道歉似地說著「對不起」，一面沖咖啡，而當事人左文字只是揉著眼睛說：

「春眠不覺曉啊。」

「現在是拂曉嗎？是晚上九點吧！」

「今天你是不是吃錯藥啦，不然講話怎麼那麼衝？」

左文字一面笑著，一面點燃香菸，看著矢部。

「我知道了，是不是案情觸礁啦？」

「出現新的犧牲者了。」

「是在札幌被射殺的汽車修理工岩田貢一嗎？」

「你怎麼會知道的？」

「我是看今天的早報知道的。昨天全國發生了五起殺人案件，其他四件都有明顯的動機，所以兇手立刻被逮捕，但是札幌的殺人不只不知道動機，而且兇手還是不管誰死都可以地亂開槍，所以我才認為他們是在槍殺新的人質。」

「今天下午犯人有打電話來，是另一個男子打來了。藍獅果然有兩個人以上。」

矢部把錄音帶和紙袋放在桌子上。

「這是今天和犯人對話的錄音帶，你稍後再聽。這個紙袋裡有二十萬圓，一天一萬圓，剛好是二十天的份。這是必要經費，一天以一萬圓計算，如果不夠的話，可以再提出申請；不過，你不能說出錢的來源，因為一旦讓人家知道警察出錢請私家偵探，那麻煩可就大了。」

「我知道。」左文字笑著說道。

「那，你打算怎麼調查呢？」

矢部喝了一口史子端來、沒有加糖的黑咖啡後，向左文字問道。並不是他特別害怕，只是最近養成了喝咖啡不加糖的習慣。

左文字依然坐在搖椅上，說道：「沒別的。」

「你說沒別的，到底是什麼意思？」

「就如字面所說的，我一直待在這裡。」

「坐在這裡一動也不動？」矢部大聲說道。

左文字只是聳聳肩膀說：「不要那麼生氣嘛！」

「馬上又會出現新的犧牲者，你卻穩坐在搖椅裡；你是何時變成尼洛・伍爾夫（Nero Wolfe）的？」

「他是誰？」

「是雷克斯・史陶特（Rex Stout）創造出來的名偵探，每天喝啤酒，一步也不外出地坐在安樂椅上，是典型的安樂椅偵探。」

「你還滿清楚的嘛！」

「我也看偵探小說呀！」

「那個傢伙是真人不露相。不過，我和尼洛・伍爾夫不一樣；第一，我不會像他那樣不要求額外調查費，一天一萬圓只是基本費用，第二，我不討厭女人，第三——」

「已經夠了。」矢部苦笑著說道。「可是我們付你錢，是希望你有所行動，如果你忘了這點，那可就傷腦筋了。你該不會以為我們付你二十萬圓，只是為了堵你的嘴巴吧？」

「我知道啦，我也對這次的事件感到非常有興趣。不過，我如果跟警察一樣四處調查，將會怎樣呢？目前搜查本部不是已經有四十七名刑警了嗎？」

「是的，他們現在全都為了逮捕犯人，而四處展開調查。」

「是吧？如果我也參一腳，只會影響刑警的搜查而已。」

「也因此，你才坐在搖椅裡，什麼也不做嗎？」

「不，我在想。」

「想什麼，左文字先生？」

「當然是犯人的事情。這樣我才會安心收下酬勞，更何況我也想知道這個犯人是個怎樣的男子，並且和他談談，所以非把他找出來不可。」

「那就拜託你了。」

矢部向史子道謝後站起身來；當他走到門口時，突然回頭向左文字問道：「你的國籍是美國嗎？」

「現在我已取得日本籍，所以同時擁有兩國的國籍，你問這個幹嘛？」

「你不要以為你是美國人，就不用擔心會被殺害，因為犯人已經揚言，在日本的外國人也是人質。」

6

矢部丟下這句話回去後，左文字笑著說：「矢部先生好像很生氣的樣子哪！」

「那當然。」史子一面喀嚓喀嚓地洗著咖啡杯，一面這樣說著。

「他到底在生氣什麼呢？」

「換做是我，我也會生氣。」

「哦？」

「一提到昨天和今天你所做的事情，也不過是把碩大的身體埋在搖椅裡，注視著窗外而已。家裡有雙筒望遠鏡吧？」

「妳要雙筒望遠鏡幹嘛？」

「或許可以看到犯人在走路也說不定；搞不好犯人胸前還會貼著一張紙條，上面寫著『我是犯人』四個字呢！」

「這次的案件跟普通案件不一樣。」

「這個我知道。」

「不，妳並不是真的知道，那個矢部也一樣，所以才會一面說這是奇妙的事件，一面卻又用一般的方法進行搜查，這種做法是行不通的。」

「因此，你才很悠閒地坐在搖椅裡嗎？」

「我並不很悠閒啊！我正在思考。」

「胡思亂想是沒有用的。」

「別說的那麼難聽嘛，畢竟我是妳的老闆呀！」左文字笑著說道。「我們先聽聽矢部警部留下來的錄音帶，妳看如何？」

史子拿來錄音機，把錄音帶放進去後，按下播放鍵。

左文字閉起眼睛，好像在睡覺似地聽著。除非有必要，否則左文字是個懶得動的人；雖然他的外表像美國人，個性卻有點跋扈，史子也經常被他欺負。

錄音帶播完後，史子關掉開關。

「要不要再聽一遍？」

「不用，已經可以了。」

左文字張開眼睛，伸手拿起香菸叼在嘴上。

「火柴。」

左文字這樣說完之後，史子把手邊的火柴盒丟給他。

「要不要去札幌看看？」

「去了也沒有用。」

「那麼，你就在這裡繼續坐在搖椅上睡覺，等矢部來罵你嗎？」

「在這次的事件裡，犯人與被害者一點關係也沒有。由於犯人揚言殺害人質，被殺的人卻一點也不知情，所以，用一般的搜查方法是行不通的。因此，就算去了札幌，也毫無意義可言。」

「那麼，該怎麼辦才好呢？」

「我在想。」

「想什麼？」

「自稱是藍獅的人是怎樣的人？」

「若是這點，關於最初那名男子的聲音，科研所不是已經分析過了嗎？你等一下。」

史子拿來記事本，打開來說道：

「我有記載下來。經由聲音和講話的方式加以分析，得知如下的特性：年齡為二十到三十歲之間，由說話沒有鄉音來看，是在東京長大。堅忍不拔、很有表現慾，同時接受過高等教育。」

「這分析一點意義也沒有。」

「為什麼？」

「這種分析是專家做的，應該不會錯才對，可是，一點用處也沒有。年齡二十到三十歲之間、出生於東京、表現慾很強，接受過高等教育，這種人不是有幾萬、幾十萬人嗎？跟普通人沒有兩樣啊！」

「你氣我也沒用啊。」史子噘嘴說道。

「我並不是在氣妳。科研所的專家可以稱得上是傻瓜專家，不會發揮想像力，換句話說，他們只說知道的事情，可是，想根據他們的談話找到潛伏的犯人，那可就難了。或許我這樣說不對也說不定，不過，偶爾冒點險是有必要的；如果不採用這種方法，而以一般的搜查方式進行搜查，我認為無法解決這次的事件。」

「那該怎麼辦？關於藍獅，我們不是什麼也不知道嗎？不知道姓名、住址，甚至連有沒有前科也不知道呀。」

「不、不至於那麼糟，因為已經有兩個犯人打電話來了。」

「可是，犯人在電話中並沒有提到自己的姓名和住址啊！」

「這我知道。不過，人往往在談話中，無意間會透露出關於自己的事情，尤其是表現慾很強的人更是如此。」

「犯人在錄音帶裡，有提及足以成為線索的事情嗎？」

史子一向以記憶力強而自豪，電影只要讓她看過一次，她就能唱出那部電影的主題曲。因此，那五通犯人跟祕書官或是首相的電話，她全都記得清清楚楚。只是，在那當中，真的有透露出犯人本身特徵的談話嗎？

她並不記得有那種談話。

「我一面搖晃著搖椅，一面思索著。」

「有想到什麼嗎？」

「如果知道的話，我現在就不會悠悠哉哉坐在這裡了，畢竟我在美國是屬於鷹派的私家偵探。正因如此，我想跟妳一起檢討，妳去把便條紙拿來。」

「是，所長大人～」史子以俏皮的口吻應道。

左文字從椅子上站起來，在屋內慢慢地走過來走過去。

「第一，」左文字邊走向史子邊說，「他們自稱是藍獅，妳把這點寫下來。」

「可是，所長大人，由於這只不過是一種符號而已，所以我不認為這是解開他們真面目的關鍵。」

「不。」

左文字背靠玻璃窗站著，大大地搖著頭。

「人會取適合自己的綽號，那或者是具有某種意義，又或者是某件事物相關的符號。乍看之下好像沒有任何關係，可是暗地裡卻隱藏著幼時的體驗，以佛洛伊德式的願望表現出來。特別像這次的團體，他們所取的綽號一定具有某種意義。」

「經你這麼說，藍獅這個名字就綽號來說，確實有點奇怪。一般而言，要表示勇猛，會取名為『獅王』，若要表示年輕，則會取名為『幼獅』，再不然就是加上出生地，如『東京獅』，然而他們卻取名藍獅，這代表什麼意思呢？」

「我對這很感興趣，而且那兩個犯人說『藍獅』時，都不是用日語的『蒼き獅子たち』（青獅子們），而是用英語說『Bluelions』。」

「這是怎麼一回事？」

「日語的『蒼』通常是深藍色的意思，也是年輕的意思，有年輕和幼稚之感。在日語上，『蒼き獅子たち』是很適合使用，可是，他們卻故意講英文；而英文的 blue 雖然是藍色的意思，但同時也是憂鬱的意思。」

「沒錯，女孩子很喜歡用 blue，比如 blueday。」

「妳說得沒錯—— look blue 是憂愁滿面的意思，Blue Monday，在美國則是憂鬱星期一的意思。」

「他們是因為很憂鬱，所以才把自己取名為藍獅嗎？可是，他們在通電話的時候，不是顯得很有自信嗎？」

「我總覺得在他們的自信背後，好像有什麼陰影。他們為了表示自己很強壯，所以取名獅子，因為獅子是百獸之王；那麼，如果能夠了解他們為何在獅子上面冠上『blue』這個形容詞的原因，我想應該就可以知道他們是怎樣的人了。這是個大難題。繼續下去。」

左文字又開始在屋內走來走去。

史子盤腿坐著，把便條紙放在膝蓋上面，眺望著眼前不斷踱步的丈夫。

史子很喜歡看在想事情、或是苦惱時的左文字的側臉。

由於左文字的臉過於端正，因此發呆時總會顯得有點呆頭呆腦；也正因如此，史子才更喜歡他思索時的臉。

「在錄音帶裡面，我最感興趣的，是第一個犯人脫口而出的一句話。」左文字注視著窗外的夜景說道。

「哪一句話？」

「在第二通電話裡，有如下的對話。」

祕書官——你瘋了。

男子的聲音——不，我的ＩＱ是一五〇。我們……

「就是這個地方。通常被人說『你瘋了』的時候，一般都會回答『不，我很正常』，或是

『別胡說八道了』；可是，犯人卻回答說『不，我的ＩＱ是一五〇』。因為智商高，所以不是瘋子，乍看之下是很正常，可是就邏輯上來說卻很奇怪，因為在ＩＱ很高的人當中，未必就沒有精神異常的人存在。既然如此，那為什麼犯人會那麼回答呢？對於這點，妳有何想法？」

「是呀！會不會犯人對自己的ＩＱ高達一五〇感到很自豪呢？也因此，當有人說他是瘋子，他就脫口說出自己的ＩＱ有一五〇。」

「妳也可以當私家偵探了。」左文字很高興地笑著說道。「此外，我也認為這名犯人現在是處於懷才不遇的境地之中，因為，如果他的天才頭腦被誇獎為年輕的數學或科學權威，我想就不會引發這次的綁架事件了。真是這樣的話，就算被人說『你瘋了』，也會一笑置之，因為對自己有絕對自信的人，會變得很冷靜和寬容。可是，有天才的頭腦，卻無法在社會立足，還被人說成是『瘋子』，妳想對方會怎樣？被說『你是瘋子』時，不是會脫口而出說『我的ＩＱ是一五〇』嗎？這種回答等於是在說，『我不是瘋子，我是天才呀！』」

「我也贊成你的這種說法。所謂我的ＩＱ一五〇，應該是智商很高吧？」

聽史子這麼一問，左文字從書架上拿出一本英文書，翻閱著說道：

「以下是艾佛瑞德・比內（Alfred Binet）的分類：正常指數是九〇到一〇九，占所有人當中的百分比是四十七；比正常稍高的指數是一一〇到一一九，百分比是十六；優秀指數是一二〇到一三九，百分比是九・九；最高者被稱為天才，指數在一四〇以上，百分比是〇・六；又，指數在七〇以下，被稱為智能障礙。」

「你的ＩＱ有多少？」
被史子這樣一問，左文字摸著鼻子說：
「雖然我不知道自己的ＩＱ有多少，不過可以確定的是我不是天才。」
「那麼，一五〇應該是很聰明沒錯吧。」
「是的。我也對矢部提過，在美國，有一群ＩＱ在一四五以上的人組成了一個叫做『門薩學會』的團體，是只有天才級的人物才能參加的團體，同時也是個讓人感覺有點毛毛的團體。」
「藍獅的人也都是ＩＱ在一四五以上嗎？」
「因此才取名藍獅嗎？」
「我認為是有那種可能性。藍獅很有可能就是這些懷才不遇的天才所成立的團體。」
「也許吧。自己明明是優秀的獅子，卻在現今的社會無法立足，因此才取名為藍獅也說不定——不，一定是如此，因為這是非常適合懷才不遇天才的名字。」
「如果真是這樣的話，那是非常可怕的對手了。」史子的臉色變得有點蒼白。
左文字注視著窗外美麗的夜景。點點的汽車尾燈，就像紅寶石一樣，青白色的街燈，也有如長長的腰帶閃閃發光；犯人會潛伏在這樣美麗的夜景中嗎？
「的確是很可怕的對手。綁架一億兩千萬人，不是瘋子就是天才；就算一般人想，也不敢去做，只有他們才敢做。」
「何況要求絕對弄不到手的五千億，也是有違常理。」

「是吧。可是，如果他們都是天才的話，一定算準了會成功，不然的話不會打電話來，而且第二個男子說話的口氣也是充滿自信，到底他們在想什麼呢？」

左文字的表情愈來愈嚴肅。

他在美國的偵探事務所上班時，處理過各式各樣的案件；當然，也有綁架案件。

可是大體上，他都可以預測到犯人的行動，因為犯人都是為了某個目的而行動，例如綁架犯是為了得到贖金，而殺人犯是為了逃亡。

只是，在這次犯人的行動中，卻看不出類似的目的。

他們自稱綁架一億兩千萬人，要求贖金五千億圓或五百億圓；表面上看來，這是綁架的一種形式，可是要求的卻是不可能會被接受的贖金。他們不可能不知道這是無理的要求，卻還是很執拗地提出這樣的要求，其真正的目的到底是什麼呢？

關於這點，目前左文字也解讀不出來。

「接下來該怎麼辦？」史子問道。

「妳去調查看看，日本最熱中於英才教育的是哪個教育機構？明天我們去拜訪。」

第四章　福岡機場

1

渡邊祕書官一夜未眠。天一亮，他立刻把矢部警部叫到首相公邸。

一見面，他劈頭就問起搜查的進度。

「老實說，沒有多大的進展。」矢部很老實地應道。

窗外的天空好像要下雨般烏雲密布，也因此使得矢部的心情更加痛苦。

「札幌那邊也沒有得到任何線索嗎？」

渡邊猛吸香菸，希望這種令人厭煩的案件能夠儘快解決。

矢部以陰鬱的眼神說道：「雖然我已經派兩名刑警去協助當地刑警展開調查，不過，由於被害者跟犯人毫無關連，所以想找到犯人，可說是非常辛苦。」

「也沒有找到目擊者嗎？」

「是的。如果犯人狙擊的目標是汽車修理工人岩田，那他開槍射擊時非得小心不可，如此一來，就有可能被目擊到；可是，這次是不論誰死都沒有關係，所以我推測犯人是從並排走路的五人背後，使用滅音器手槍隨便開槍。因為沒有必要瞄準，所以只要注意周遭的人就可以。我想，他多半是在車子經過五人身後時冷不防開槍，然後便驅車逃走吧！」

「也沒有從手槍這條線索查出什麼嗎？不是已經知道是點三二口徑的子彈了嗎？」

渡邊毫不掩飾內心的焦慮，注視著矢部。

目前首相的位置並不是很安穩，任何小傷害都會造成莫大的困擾。雖然目前還不清楚這次的事件會不會影響到首相的地位，但如果明白顯示出會產生影響的話，那麼比起在野黨來，黨內會有人更想把他拉下台。

因此，渡邊才希望能夠儘快解決這次的事件。

「犯人使用的手槍多半是哈林頓&理查森（H&R）M一八九五左輪手槍，不過還無法確定。」

「這種手槍容易弄到手嗎？」

「這是美國市民用來防身的手槍，價格很便宜，縱使是外行人也很容易使用，所以在美國很普遍。我想大概是美國大兵帶進來賣給犯人的，不過，這條線索也沒有結果。」

「可是，矢部警部，如果今天無法解決的話，他們又會殺害新的人質啊！畢竟第二個男人已經揚言說，因為總理和政府冥頑不靈，所以將會繼續殺害人質了。」

「總理目前人在哪裡？」

「去箱根的別墅靜養了。」

「現在不是還有積雪嗎？」

「或許吧。不過，他說在東京會被怪異的事件煩死，因此希望警方能稍微努力點，期待能夠早日解決此事件。」

「實在很抱歉。」

矢部搔著頭說道。目前最生氣的人大概就是矢部吧，因為已經投入四十七名刑警，結果卻連犯人的名字都沒能查出來。

「能否請總理演一場戲？」

矢部一提出這個要求，渡邊祕書官立刻圓睜著眼睛說道：「你要總理演戲？」

「是的。在綁架事件中，逮捕犯人的最佳機會是在犯人收取贖金的時候，因此，我希望總理能演一場答應犯人要求的戲。」

「可是，矢部先生，犯人的要求是把五千億圓的防衛費挪作社會福利呀！難道你要一國的首相演戲，向記者做此宣布嗎？如果這麼做的話，只是增加犯人的氣燄，對逮捕犯人不是一點幫助也沒有嗎？」

「我說的是犯人的另一種要求；如果首相向犯人說，已向財界募集到錢，我們就有逮捕犯人的機會。」

「這樣做好嗎，矢部先生？」渡邊大聲說：「我老實告訴你好了，首相很後悔跟犯人講過一次電話，因此，今後他不可能再和犯人對話了。」

「那麼，能否由你來演？你能否向犯人說，在首相的命令下，為了一億兩千萬人的安全，已向財界募集到錢呢？」

「矢部先生，你是不是忘了昨天犯人所說的話？他要首相舉行記者會發表此事，也就是公開宣布答應藍獅的要求啊！就算演戲，也絕不能發表答應犯人要求的言論，絕對不能！」

「是嗎？」

由於矢部早就料到會被拒絕，所以並不特別失望，只是確定解決事件的一條路已經被堵塞住了。

藍獅的要求是今天早上要做出回覆，如果回答不行，他們會採取什麼行動呢？

（他們打算在哪裡、殺害什麼人嗎？）

2

那天下午的福岡機場烏雲密布。

天空平靜無風，春天的陽光時時從雲隙間灑落下來，這對飛行沒有任何影響。

飛往東京的全日空四一七班機，預定在下午二點四十五分起飛。

可以搭載三百二十名乘客的洛克希德三星客機，肥短的機體已經進入滑行道一端，加油車也已加完油離去。

今天的乘客一共有一百八十五名。

其中有戰前身為演員、戰後則以歌星聞名的石崎由紀子。

她剛結束一個禮拜的九州巡迴演唱，現在正要返回東京。

戴著淡色墨鏡、身穿聖羅蘭設計的暗紫色衣服的她，看不出來已是五十九歲的人。肌膚白皙、身材高大，跟日本人不一樣的深邃輪廓，給人一種冷漠的感覺。事實上，石崎由紀子好像一面撰寫著《與大眾一起渡過四十年》的傳記，一面卻打心底嗤笑大眾是笨蛋。

有十五、六名歌迷前來機場送行，全都是中年女人；其中一名身材矮小、戴著白色口罩，年約三十二、三歲的女人來到由紀子的面前。

那是張非常平凡，毫無特徵的相貌。

「我想，今天應該是老師的生日。」

「沒錯。到了這把年紀，我對生日已經不再感到高興了哪。」由紀子說完，跟隨從相視而笑。

「這是我精心為老師製作的蛋糕，請笑納。」

那個女人說完之後，遞出一個紫色包裹。

「謝謝。」

石崎由紀子接下蛋糕後，便隨手將它遞給了隨從。由於她不怎麼喜歡蛋糕，所以歌迷總是饋贈給她其他的各種禮物；從兩年前開始，為了保持目前的身材，她開始練瑜珈，也儘量節制吃甜食，這件事情她已經跟影藝記者講過好幾次，週刊也有報導過，身為歌迷的這個女人怎會不知道呢？雖然由紀子有點生氣，不過歌迷不能得罪，所以也只好勉強收下了。

一開始登機，前來送行的歌迷一一跟由紀子握手，可是，送蛋糕的那個女人已消失了蹤影。

搭載由紀子等一百八十五名乘客的洛克希德三星客機發出轟隆聲，向烏雲密布的天空飛去。

一個小時後，大阪機場管制塔街到四一七班機的聯絡。

——這裡是全日空四一七班機，現在高度兩萬一千英尺，正向羽田飛行中，現在的地點是潮岬[16]海面三十公里。

——全日空四一七班機，這裡是大阪，了解。

——雖然氣流有點不穩，不過一切順利，沒有異常。

——大阪了解。

就在這時，四一七班機好像突然發生了變故。

因為大阪機場管制塔聽到緊急事故時的呼叫聲「mayday! mayday!」

那是幾近慘叫的聲音。

管制塔拚命地呼叫四一七班機，可是毫無反應，同時，雷達螢幕上的四一七班機也消失了蹤影。

3

航空自衛隊濱松基地的管制塔，也聽到了四一七班機的「mayday」。

立刻有兩架偵察機往失事地點的潮岬海面飛過去。

海上保安廳的巡邏艇也接到請求，立刻趕往失事現場的海域。

幸運的是，海面很平靜。

先抵達的兩架偵察機以幾乎貼著海平面的高度來回飛行，結果發現海面上漂浮著薄油膜和疑似是飛機的破片。

一個小時候，抵達同一海面的巡邏艇發現大量的油漬和木片，那些木片很明顯是飛機座椅的碎片。

接著，他們又發現海面上漂浮著有全日空標識的救生衣。

目前可以確定的是，四一七班機已遇難。

當時在那邊海域有幾艘漁船在作業，漁夫們都作證說，聽到上空發出「轟」的爆炸聲。

聽到爆炸聲的時刻，跟大阪管制塔聽到四一七班機「mayday」的時刻幾乎一致。

註16：日本本州島的最南端。

漁夫的證言非常重要。
因為根據漁夫的證詞，三星客機很有可能是因為某種原因在空中爆炸墜海的。
也有漁夫說，看到疑似是飛機的東西冒著白煙掉進海裡。
電視和電台插播飛機失事的消息，乘客家屬趕往成立於羽田機場的處理中心。
又有一艘巡邏艇趕抵現場。
由於失事現場水深約九十公尺，因此無法叫潛水夫揹氧氣筒潛下去盲目尋找。
巡邏艇把水中攝影機放入九十公尺深的海底，搜查沉在海底的機體。
一個小時又三十分鐘後，船上的監看器模模糊糊出現了像是機體的一部分。
雖然水中攝影機有燈光，可是由於水深達九十公尺，所以影像無法拍得很清楚。
其中比較清楚的是尾翼，可以看到全日空的標幟。
主翼斷裂、飛散開來，機體的上部開了一個大洞，從這裡可以看出是在機內發生爆炸。
機體的打撈要等打撈船抵達現場才能進行。
下午六時三十分，全日空的負責人在羽田的處理中心做出以下的發表：
「本公司的四一七班機洛克希德三星客機，已確認墜落在潮岬南方約三十公里的海中，乘客和機員總共一百九十六名全部罹難，失事原因目前正在調查中。」

4

這個時候，左文字和史子正在文京區的日本英才教育中心，和理事柳沼博士見面。

柳沼博士是位年約六十七、八歲，身材瘦削，滿頭白髮的老人。他把兩人帶進會議室後，先是開口說：「聽說有一架噴射客機墜落了。」然後看著他們問道：「你們有什麼事？」

雖然左文字很在意噴射客機墜落一事，不過他還是這麼回答：「我對所謂天才兒童的幼兒教育很感興趣。」

「你在美國是從事這方面的研究嗎？」

柳沼好像是從左文字的外表判斷，認為他應該是個日本話講得很好的美國人。由於否認很麻煩，所以左文字點頭稱是，然後問道：「這裡有關於日本全國天才兒童的資料嗎？」

「有，因為全都集中在這裡。ＩＱ一四○以上的兒童雖然不是在這裡受教育，而在國立的Ｕ大學，不過，教育的過程和結果，全都會彙集到這個中心。」

「日本各地的兒童，只要ＩＱ在一四○以上，都集中在Ｕ大學接受教育嗎？」

「照理應該如此，不過基於教育的自由，想進地方學校就讀的人，我們也不便強行把他們送進Ｕ大的附屬學校，不過這些人我們都會加以追蹤調查。」

「那些天才兒童在大學畢業後，都活躍於社會各階層吧？」

「是的。不過，留在大學研究室裡的非常多；智能高好像跟人類的管理能力沒有多大關係，縱使進入社會，也以在研究部門占大多數。」

「在這當中也有人生失敗者嗎？雖然我一點也不認為天才會失敗。」

「那當然。」柳沼理事笑著說。「儘管ＩＱ在一四〇以上被稱為天才，可是，他們畢竟也是人，擁有人的弱點是很正常的事情。因此，有人因為異性關係失敗而頹廢，也有人從事事業卻失敗，跟一般人沒有兩樣。」

「會不會因為頭腦聰明，挫折感就比一般人來得深呢？」

「或許可以那麼說也不一定。ＩＱ一六〇、大學畢業後就當教授，卻因為對現代社會感到絕望而自殺的人也是有的。」

「也有人走上犯罪之路嗎？」

經左文字這麼一問，柳沼臉上瞬間露出迷惑的表情，但隨即又恢復笑容說：「應該和一般人一樣。」

「原來如此。除了U大學，還有沒有其他收容天才兒童施以教育的機構？」

「沒有，設特別施以教育的，就只有U大學而已。」

「是在U大學裡設置附屬小學、中學、高中和大學等特別班，教育天才兒童嗎？」

「是的。」

「這裡有畢業名冊吧？」

「這裡和U大學都有。」

「可以讓我看一下嗎？」

「如果沒有正當理由，我是無法讓您觀看的。」

柳沼理事雖然很溫和，不過拒絕時倒是挺堅定的。

左文字感到很困擾，因為在矢部的禁令下，他不能把事件說出來。

「可以借一下電話嗎？」

左文字說完後，便拿起話筒撥打給人在首相公邸的渡邊祕書官。

「還沒有找到事件的線索嗎？」渡邊在電話那頭，以疲倦的聲音問道。

「現在我在日本英才教育中心。」

「你去那裡幹什麼？」

「這裡的名譽會長是首相吧？」

「沒錯。話說你問這個幹嘛？」

「若是那樣，你就幫我講講話吧。我目前正在這裡跟理事柳沼先生見面，我希望你幫我跟他關切一下，好讓我行事方便。」

「為什麼？」

「理由我不能講，總之一切拜託你啦！」

左文字這麼拜託後，把電話聽筒交給柳沼。

看樣子渡邊的「關切」似乎產生了效果，因為柳沼理事掛斷電話後，便向左文字說：「我讓你看。」

U大學的特別班畢業生，每年從三十人到五十人。

這個數目好像很多、又好像很少，是多是少得看個人的想法而定。

說是名冊，其實是一疊疊的卡片；就如柳沼理事所言，職業和住所一改變，卡片上的資料也會加以更正，不過，其內容並不是很完備。

因為有一些卡片註明著「住址不明」。

史子一面翻閱著擺滿整個櫥櫃的龐大卡片，一面說著：「你認為這裡面有這次事件的犯人嗎？」

「我就是這麼認為，所以才會加以調查；如果沒有的話，那就只好朝別的方向調查了。」

「可是，就如柳沼理事所說的，ＩＱ一四〇以上的天才兒童並不是全部集中在U大學接受特別教育；如果犯人是從別的學校畢業的話，就不在這裡面了呀！」

「不，應該在這裡面。」

「為什麼你那麼篤定？」

「我在哥倫比亞大學唸書時，班上也有一個天才兒童。我曾經很仔細地觀察過他，不知道是因為他太聰明、把周遭的人全都當成傻瓜，或是周遭的人對他敬而遠之，總之他變得很孤獨和狷介。可是，藍獅卻組成了團體；由他們能夠不露破綻地犯下這種罪行來看，他們非常團結，如果是長大成人以後才認識的，應該不會這麼團結。由此可見，他們很可能一起生活過一段很長的時間；換句話說，他們是從孩提時便一起在U大學接受教育的夥伴。」

「然後，也是畢業後同受挫折的夥伴？」

「沒錯。」

「而且還是畢業後結成團體，共同從事某種事業的夥伴嗎？」

「多半是吧。」左文字說完之後，再次向柳沼理事問道：「這裡面有沒有人在U大畢業後，組成團體從事些什麼的？」

「你說的『什麼』是指哪一方面？」

「好比說事業啦，社會運動之類的。」

「如果是這方面的話，那我知道有兩個團體。」

「你可以談談那兩個團體嗎？」

「一個是『日本再生研究會』，是由昭和二十五年的七個畢業生所組成的。」

「昭和二十五年畢業，那現在已經將近五十歲了吧？」

「嗯，大約四十七、八歲。」

「這個團體平常都在從事些什麼？」

「這七個人都是學經濟和法律的。昭和二十五年是南北韓開戰的那一年，也是日本經濟復甦踏出第一步的一年；他們之所以成立這個團體，是為了將來的日本前途，向歷代的首相提出建言。」

「那麼，這個團體目前發展得如何？」

「應該滿順利的，因為目前赤阪大樓的頂樓是屬於這個團體所有，職員有五、六十人。」

（那就不是了。）左文字心想。

把氰酸鉀摻入咖啡店的糖罐裡，並且進行無差別殺人的犯人，應該不是成功者和體制內的人。

「那麼，可以談談另一個團體嗎？」

「這個團體是由昭和四十五年畢業的五個畢業生所組成的。」

「這樣說來，年紀大約是二十七、八歲吧？」

「是的。」

「這個團體叫什麼名字？」

「社會構造研究會。」

「是左翼團體嗎？」

「起先我也是那麼認為，不過，看過他們的文宣後，發現他們好像滿輕蔑目前的左翼運動；當然啦，他們也反對目前的社會構造和政治體制。」

「你還保有他們的文宣嗎？」

「沒有，我已經丟掉了。我記得那是非常自負的文章，可能是因為年輕的緣故吧！」

「這個團體現在很活躍嗎？」

「沒有，大概是金錢出了問題吧。財界應該不會捐錢給反體制的研究團體才對；就像現在左翼也受到嚴厲批評一樣，他們自然也不在話下。」

「你知道加入那團體的五個人的姓名嗎？」

「卡片上應該有註明。」柳沼理事說道。

就如柳沼理事所言，卡片的一角寫上「社會構造研究會」的，一共有五張。

左文字和史子把這五個人的名字抄寫在記事簿裡。

佐藤弘
菅原明平
高橋英夫
森誓子
村山朋子

全都是二十七、八歲的年輕人，有人唸英文，也有人主修法律。

「你想這五個人會是藍獅嗎？」史子一面看著自己抄寫的名字，一面向左文字問道。

「不知道，不過我認為有加以調查的價值。」

左文字借來電話簿，尋找「社會構造研究會」。
很快地，他就找到了該會的地址。
住址是中野的「青葉公寓三〇五號室」。
「去看看。」左文字催促著史子。

5

仰望那棟五層樓的古老建築物，所有公寓該有的缺點，這棟公寓全都具備。
最明顯的是牆壁龜裂，玄關的塑膠牌子殘破，只剩下三分之一。
有人說日本的公寓就像現代大雜院，這棟公寓就很適合稱為「現代大雜院」。
不用說，當然也沒有電梯，左文字和史子經由昏暗的水泥樓梯爬到三樓。
三樓的中央是走廊，兩邊有六個房間。由於陽光照射不到，所以儘管是白天，走廊還是開著燈，燈光是不健康的青白光。
三〇五室的門上掛著「社會構造研究會」的大招牌。
史子的臉色變得有點蒼白，那是因為室內的人有可能是無差別殺人的犯人。
左文字特地拿出香菸，點燃後，按下旁邊的門鈴。
門一打開，便出現一名身穿牛仔褲和毛線衣的年輕男子。

青年一面搔著長髮，一面以強烈的眼神注視著左文字和史子。

「你們有什麼事？」

「你知道中央出版社這家公司嗎？」

左文字一面微笑著，一面和對方說話；越過青年的肩膀，他匆匆瞥了屋內一眼。

廚房的對面是八坪大的和室，好像是一房一廳。由於隔扇開了一個小縫，可以看到八坪的房間裡堆滿的書籍，和一名年輕女子的背部。

「我不知道這家出版社。」青年很不客氣地說。

左文字依然堆著笑容說：「社長炒股票賺了錢，想投資出版事業。第一步是想針對年輕人發行雜誌，籌備工作已大致完成，雜誌的名稱也定為《ＴＯＭＯＲＲＯＷ》，是對明天抱持希望的意思，預定下個月的二十日發行創刊號。因此，敝雜誌想介紹被認為是明日之星的個人和團體；在擬介紹的團體中，也包括你們的社會構造研究會，所以想跟你們談談。」

左文字把沒有印頭銜的名片交給對方後，接著又說道：「我是總編輯，旁邊這位則是記者藤原小姐。」

藤原是史子婚前的姓。

史子也配合著左文字的表演，向青年說：「我是藤原，請多指教。」

然而，青年卻露出警戒的眼色問道：「你們是向誰問到我們的事情的？」

「日本英才教育中心，我們真的很想跟你們談談。」

「可是，我們很忙。」

「只要二、三十分鐘就可以，不能撥出一點時間嗎？難道說，貴研究會在進行什麼不能公開的危險研究嗎？」左文字故意用激將法這麼說著。

果然對方的眼神變得很嚴峻，默默想了一會後，開口說道：「那麼，只能談二、三十分鐘。」然後便讓他們進入屋內。

在八坪房間裡的女人透過眼鏡注視著左文字和史子，沒有化妝的臉，看起來就像男人一樣。

桌上亂七八糟地擺滿各種雜誌和小冊子，放在桌子一端的七吋黑白電視裡，正在轉播打撈墜落的全日空客機的實況。

「好像是某出版社的人。」

那個男子向女人介紹左文字和史子，說話的口氣讓人感到他似乎並不相信左文字所說的話。

左文字和史子在書堆之間坐下來。

女子輕輕點了一下頭之後，並沒有去泡茶，而是繼續緊盯著電視畫面不放。

左文字慢慢地拿出記事簿。

「首先能否請教您的尊姓大名？是佐藤先生？或是菅原先生？」

「我是菅原明平，她是森晢子。你們對我們這個團體到底想幹什麼？」菅原明平像是在責備左文字般地說著。

左文字很鎮定地應道：「當然是對社會構造感興趣，也對貴團體的組成人員感興趣囉。聽說你們有五個人，其他三人呢？」

「目前在旅行。」

「是去北海道和九州旅行嗎？」

「為什麼你這麼問？」

「不，我只是隨便猜猜而已。可是，你們的目的是什麼呢？」

「就如同名稱一樣，研究現代日本社會的構造。」

「可是，你們還很年輕，能夠忍受純研究嗎？」

「你到底想說什麼？」

菅原拿起桌上的一包菸，發現裡面連一支也沒有，很生氣地把空盒子揉成一團，丟進角落裡的垃圾桶。

左文字拿出香菸請菅原，可是菅原搖著頭拒絕了。

「去做自己想做的事情，這是年輕人的特權。」

聽左文字這麼一說，菅原的眼睛亮了起來。

「我們已經不年輕了。」

「不，還很年輕。由年過三十的我來看，我實在很羡慕你們，因為你們既年輕，腦筋又聰明。像你們這種人，對於日本的現況，應該感到很不滿才對吧！」

「是有所不滿。」

菅原站起來，從書架上找到還剩五、六支的一包香菸，拿出一支叼在嘴上點燃。

森誓子也拿出一支叼在嘴上，從他倆這種舉動，左文字嗅出了兩人之間有同居關係的味道。

「是怎樣的不滿呢？如果方便說的話，可以告訴我們嗎？」

「與其說不滿，倒不如說絕望來得比較恰當。」菅原好像一吐為快似地說著。

「哦？」

「起初我們在研究日本的現代社會時，還抱持著希望，認為經由變革可以創造出理想的社會；當然啦，我們所說的變革，並不是像左翼藉著選舉來達成目標的那種革命。根據現代左翼主張的革命，對社會絕對不好，因為只不過是把資本和官僚機構支配的社會，變成權力和官僚機構支配的社會罷了，官僚機構本身不但沒減弱，反而變得更堅強了。」菅原突然雄辯起來。

雖然這不算是什麼新穎有趣的議論，不過左文字好像很佩服地說：「非常有趣的想法。」

「以目前這種金錢和官僚支配的社會，有錢人不就能掌握權力嗎？」左文字緊接著問道。

「也許吧——」

「如果有五千億圓，你不認為能夠打入權力的中樞嗎？如果擁有這些的話，不是可以隨心所欲地改變現代社會嗎？」

當左文字提及「五千億圓」時，他故意加重了語氣，以便觀察菅原和森誓子的反應。

菅原默默地吐出一口煙，森誓子眼鏡後面的眼眸則是亮出光彩，說道：「五千億圓啊！」

「你說，要如何才能弄到這樣一大筆鉅款？」

「如果把你們這種天才集合起來做腦力激盪，不是可以想出奇特的方法嗎？」史子向晢子回答說。

晢子笑著說：「很遺憾，我實在想不出來。」

「那你呢？」

左文字一看菅原，菅原悻悻然地說：「這種事，我連想都沒想過。」

「那麼，是你們不需要錢嗎？」

「我可沒有那麼說，我只是對現代的日本社會感到很絕望，認為現代日本社會已經敗壞到了極點。」

「那，你是想回復原始社會囉？」

「已經二十五分了。時間快到了。」

「我還有一些事情想請問你們。由於要在雜誌上發表，所以有必要一一介紹你們。由你先來，可以嗎？」

「妳去泡茶，好招待客人。」菅原向晢子說。

晢子站起來，向廚房走過去。

菅原吐出一口煙後，開口問道：「你想知道些什麼？」

「關於你們的事情。你隨時後其他三人，也就是佐藤弘、高橋英夫，村山朋子三位保持聯繫嗎？」

「是的，因為他們是一同從事研究的夥伴。」
「這個研究會的財源來自何處？對不起，我看你們好像不是很有錢的樣子。」
「我們都有工作。」
「例如你呢？」
「我和她是從事翻譯的工作。」
「你們是ＩＱ一四〇以上的天才，可是，你們的研究卻無法在社會立足，過著無聊的打工生活，你們不是會經常覺得自己很傻，對這個無法接受自己的社會感到很生氣嗎？」
「這簡直就像是誘導訊問嘛。」菅原微笑著說道。
左文字也繼續問著：「我想你們一定很想改造這個社會，是用天才的方式改造，是不是？」
「我沒有你說的那麼聰明。」
菅原用微弱的聲音這麼說時，森晢子端茶過來。
左文字喝了一口後說：「其他三人目前是從事什麼工作？」
「各式各樣的工作，有人像我一樣，從事翻譯的工作，有人則是從事勞動工作，不過相同的是，都對現代的日本感到很絕望。」
「那三人中，有沒有人在醫院工作，或在鍍金工廠打工？」
「為什麼你那麼問？」
「那是——」

左文字忽然覺得腦筋變得很遲鈍。

感覺自己好像被什麼東西，使勁地往黑暗裡拉過去。

（被下手了……）

左文字一面這麼想，一面漸漸陷入深沉的睡眠當中。

6

左文字做了一個夢。

是有關孩提時的夢，夢裡的他，正在洛杉磯有草坪的屋內嬉戲著。

可是，等他一覺醒來時，那個夢已忘得一乾二淨，只是覺得頭痛欲裂。

一看手錶，已是將近清晨五點。

史子也昏迷不省人事地躺在他的身邊。

左文字搖搖晃晃地站起來，前往廚房用冷水洗了好幾次臉，才稍微清醒一點，然後把手帕沾溼，回到史子的身邊，把濡溼的手帕放在她的額頭上。

不久，史子睜開眼睛，一面用手摸著頭，一面問說：「我們怎麼啦？」

「我們好像吃了藥效很強的安眠藥。妳沒事吧？」

「沒事，只是覺得頭有點疼。」

史子慢慢坐起來問說：「那兩個人呢？」

「消失不見了，大概也不會再回來這裡了；我看多半是去某個地方跟其他三人會合了吧？」

「說得也是。可是，為什麼他們不動手殺害我們呢？」

「大概是因為他們是天才吧。」

「這是什麼意思？」

「他們是按照計畫行事，對自己擬定的計畫非常有信心；因此，除非有必要，否則不會殺人。他倆沒有殺害我們，是在表示他們的自負，和對我們的歉意。」

「通知矢部警部好嗎？」

「不，我認為暫時不要說比較好。雖然我認為社會構造研究會的五名成員就是藍獅，可是沒有證據可以證明這點，而警方也不會根據推測，就隨意展開行動。」

第五章　塑膠炸彈

1

隔天二十九日的潮岬四周天晴氣爽，海面也風平浪靜。

上午十點左右，從大阪出發的大型打撈船抵達現場的海面。以專機抵達大阪機場的家屬也搭著船，一大早便來到現場。各報社的飛機也在上空盤旋著。昨天抵達現場的兩艘巡邏艇，繼續以水中攝影機監視著沉在九十公尺深海底的機體。

中午過後，在家屬的注視下，開始進行打撈作業。

雖然海面很平靜，不過海底附近的海流卻相當急促，因此打撈作業只能慢慢地進行。政府委託的事故調查團也在那時抵達現場。他們坐上巡邏艇後，注視著出現在監看器畫面中的機體。

跟調查團一同前來的記者一面拍攝照片，一面口無遮攔地做著諸如此類的交談：「要是因為機體的缺失，才造成這次的事故，那引進三星客機的人責任可就大囉！」[17]

註17：記者對話中所指的，是三木首相的前任田中角榮。田中角榮因為在引進三星客機中涉及弊端而遭到逮捕，同案並涉及極端右翼組織、大商社等，為日本戰後轟動一時的黑幕案件之一。

下午一點半左右，首先打撈起右機翼。

雖然家屬希望先把屍體打撈上來，可是由於機體嵌進海底的裂縫裡，所以才從比較好下手的右機翼進行打撈作業。

由大型引擎被彈飛、主翼也嚴重扭曲看來，事故一定非常嚴重。

「看來好像是發生了爆炸。」調查團中有人這麼講。

飛機比我們想像的還來得堅固，縱使掉進海中，主翼也不會脫落扭曲。也因此，飛機一定是在空中發生爆炸解體——這是調查團的意見。

接著，終於開始進行屍體的打撈作業。

五名潛水夫稍作休息之後，便潛進九十公尺深的海底。

一抵達機體處，他們立刻看到頂部開了一個大洞。

由厚厚的硬質鋁合金向外掀開一個大洞來看，這是非常強大的力量造成的。

經由那個洞口鑽進機艙內的潛水夫，看到飄浮在水中的頭顱和斷手斷腳時，不禁大吃一驚。

其他座位的屍體都很完整，只有那個洞附近的屍體遭到破壞。

現在更加能確定機內發生爆炸，是造成三星客機墜落的原因。

2

下午兩點整，首相公邸的電話又響起來。

渡邊祕書官一拿起電話聽筒，錄音機便開始運轉，反偵測也同時進行。

「我是藍獅的一員。」

透過電話聽筒傳出來的聲音，是個略顯尖銳的女子說話聲。

（也有女人嗎？）

渡邊一面感到驚訝，一面問道：「你們這次想幹什麼？」

「由於首相的愚昧和政府的冥頑不靈，我們不得不再度殺人。」

「什麼時候？在哪裡殺人？」

「在潮岬海面，有一百九十六人死去，是你們的冥頑不靈害死他們的。」

「妳說一百九十六人，是指昨天的飛機失事嗎？」

「沒錯。」

「那，妳有證據可以證明是你們幹的嗎？」

「使用的炸彈是塑膠炸彈，只要調查打撈上來的機體，就可以知道我是不是在說謊。」

「你們殺害一百九十六人？」

「我們的要求跟以前一樣，明天上午舉行記者會，由首相宣布把五千億圓的防衛經費挪作社會福利，或是宣布已向財界募集五百億圓，做為一億兩千萬名人質的贖金；如果再拒絕我們的要求，將會有更多的人質死去。」

女子的講話聲顯得非常冷靜，滔滔不絕談論著一百九十六人死去的事情，好像跟她全然沒有任何關係似的。

「喂！喂！」

雖然渡邊很想說服對方，可是馬上又放棄了這個念頭，因為他發現對方已經掛斷電話了。

在一起的矢部警部一臉蒼白地向部下怒吼說：「反偵測的結果如何？」

「只知道是從東京以外的地方打來的，不知道確切地點。」部下這麼回答。

矢部和渡邊面面相覷。

「昨天的飛機事故，真是他們幹的嗎？」渡邊以沙啞的聲音向矢部問道。

「多半是真的吧，不然的話，他們就不會把這個罪行往身上攬了。」

「這該怎麼辦才好？」

「可以拜託首相嗎？」

「你是指演戲的事嗎？」

「正是。前幾天也有講過，這次的事件雖然手法有點奇怪，可是本質跟綁架案件沒有兩樣。綁架事件的解決關鍵時刻，往往正是收取贖金的時刻，因此，我希望首相能假裝答應他們的要求，在電話中回答已向財界募集到錢；就算把那筆錢亮給他們看也沒關係，我們一定會在對方出面取款時將他們逮捕歸案。」

「如果他們要求首相本人交付贖金，那該怎麼辦？」

「他們應該不會那樣要求，就算提出這種要求，我們也可以向對方說，因為首相正忙著開內閣會議，所以由你來帶錢付款，屆時我會頂替你去，我希望你能給我製造逮捕犯人的機會。」

「不能讓我來演嗎？」

「不行，因為他們早已算計到這點，所以才要首相舉行記者會；如果首相不能參與演出，就無法取信他們。」

「那沒有道理。」

「為什麼呢？」

由於渡邊回答的聲音變得很大，因此矢部相當自然地也提高了分貝回應。那並不是他在生對方的氣，而是出於案情愈來愈嚴重，卻苦無對策所感到的深切懊惱。

「由於首相的慎重性格，黨內有很多人批評他是軟腳蝦；若是首相在記者會上，佯裝答應藍獅這群無賴的要求，那鐵定會引發要求首相下台的政治風暴的。」

「可是，事後知道那是首相在演戲、也因為他的演戲，才解救很多人的命並逮捕犯人，國民一定會很感謝首相，也會大大增加首相的人氣呀！」

「到時候首相都已經被拉下台了，事後感謝又有何用呢！與其叫首相演戲，倒不如讓你們警方儘快解決這次案件，不是更好嗎？這次犯人爆破飛機，殺害一百九十六人，警方難道就連一點線索也沒有嗎？」

「當然啦，我已經立刻派部下前往失事現場和福岡機場了，不過，由於這和以保險金為目的的爆破事件不一樣，所以就算清查所有的乘客，大概也查不出犯人吧。不只如此，我們也針對了激進派這條線索加以清查，可是，他們好像和激進派也毫無瓜葛。」矢部的聲音顯得很疲倦

這是由於到目前為止，警方一直都被犯人耍得團團轉的緣故。

不只沒有犯人的輪廓、也無法預測下次的行動，才讓矢部感到很疲倦。

這次，他也是預料對方會在某個地方殺害「人質」，而且和以前一樣，殺害一人或兩人。只是沒想到，這次對方竟是爆破噴射客機，瞬間殺害一百九十六名「人質」。這會是因為不答應他們的要求，在一時憤怒之下，下決心大量殺人嗎？或者是，藍獅打從一開始就是這麼計畫的呢？

3

矢部一回到搜查本部，立刻派出兩名刑警前往三星客機墜落的現場潮岬，以及另外兩名刑警前往客機的起飛地點福岡。

被派到札幌的刑警雖然按時回報，可是都沒有振奮人心的好消息。

依然沒有找到看見犯人射殺「人質」岩田貢一的目擊者。

為了想知道犯人弄到手槍的途徑，他們在北海道警方的協助下清查了札幌周邊的暴力集團，可是並沒有得到預期的效果。

看來，藍獅好像是跟暴力集團以及極左勢力毫無關係的組織，矢部在心裡這麼想。

（可是，那藍獅到底是由什麼人組成的呢？）

關於這點他也毫無頭緒

會是由瘋子組成的嗎？起初矢部很慶幸對方不是殺人狂，可是，在他們殺害一百九十六名人質後，矢部卻完全改變了這種想法，認為他們很有可能是貨真價實的殺人狂。

如果他們是殺人狂的話，不知今後還會做出什麼恐怖的事情……？

第二天，也就是三十日的早上，矢部終於收到前往福岡機場的兩名刑警傳回來的好消息。

據說，他們已經查出了炸彈的主人。

這種時候，指揮官的決斷非常重要。

於是矢部決定親自前往福岡。他向搜查本部長提出請求後，便搭上了上午九點五分從羽田起飛、飛往福岡的全日空班機。

由於是爆炸事件發生後的第二天，因此機內沒有幾個乘客。

空中小姐向乘客分發名為《為事故致歉》的小冊子。

矢部打開在羽田購買的早報，簡直就像是事故大特輯一樣。

第一版、第十三和十四版，全都在刊載三星客機的事故。
其中也有從海裡打撈起來的右機翼的照片。
「發生慘劇！」
「悽慘，一百九十六人葬身海底！」
這種觸目驚心的標題出現在版面上。
矢部也看著罹難者的名單。
有五個外國人。
犯人的揚言果然是真的。

美國大使館館員一名（參事官）
西德貿易商一名
菲律賓音樂家兩名
加拿大留學生一名

幸好這幾個人都不是大人物。雖然生命沒有貴賤、輕重之分，但影響力就有所不同。
可是，一看到日本乘客名單時，矢部就不禁覺得頭大如斗：

曾根崎裕介（六十五歲）

因為，他看到了這個名字。

曾根崎是經濟界名人，以前曾擔任過通產大臣，目前在經濟界與政界都擁有很大的影響力。

此外，還有兩名藝人。

石崎由紀子（歌星）

加地邦也（演員）

石崎由紀子是頗受歌迷歡迎的歌星；加地邦也雖然才二十五歲，相當年輕，不過由於此人是急速竄紅中的電視新星，因此有許多狂熱的年輕女影迷。

對於這兩個人的死亡，藝能週刊和女性雜誌大概會大肆報導吧，其影響力一定很可怕。

「好可怕、好可怕」，歌星和演員多半也都會在週刊和電視上發表這種談話吧！

「嚇得臉色發青的演員們」

「『我們或許也會這樣』，歌星之間的竊竊私語」

過沒多久，大概就可以看到這類的大標題在藝能週刊上出現了吧。

如果犯人的目的是在散播恐怖的話，那爆破飛機的確是最有效的途徑。

矢部所搭乘的三星客機比預定的上午十時四十五分晚了十五、六分鐘，抵達陰霾密布的福岡機場。

這裡也有張貼遇難的四一七班機乘客名單。

山下和黑田兩位刑警已經來到機場迎接。

矢部在前往福岡警署前想先跟他倆談談，所以把他們帶到了機場內的西餐廳。

叫了咖啡後，矢部看著他們說：「先談談你們已經知道的事情。」

「雖然這點尚未獲得證實，」個子矮小、屬於實務派類型的山下刑警很慎重地這樣說完後，又接著繼續說：「不過，我們把注意力鎖定在一名四一七班機起飛時，將手製蛋糕送給歌手石崎由紀子的女子。」

「你的意思是，那名女子把塑膠炸彈暗藏在蛋糕裡嗎？」

「我們是那麼想的。當然啦，也有可能是放在其他乘客的行李裡面，不過，據說打電話到首相公邸的是女人的聲音，所以這個女子很引人注意。」

「有目擊到那個女子的人嗎？」

「幸好有十五名歌迷去送石崎由紀子，這些人都有看到那個女人。」

「是怎樣的女人？」

「據說年齡大概三十一、二歲，個子矮小，相貌非常平凡。可能是因為感冒的關係，戴著一副大口罩，所以看不清楚她的臉孔。」

「戴口罩，大概是為了隱藏她的真面目吧？」

「服裝也是過時的褐色粗俗連身裙。」

「乍看之下，就像是大雜院裡的歐巴桑是嗎？」

「是的。」

山下刑警笑了一下後，拿出根據十五名歌迷的證詞所繪成的畫像給矢部看。

那是一張挽著髮髻，年約三十二、三歲女子的臉部畫像。

由於戴著白色大口罩，所以嘴巴和鼻子一帶不清楚；細眼睛、薄眉毛，的確給人不是很出色的中年女人的印象。

「這個女人是以什麼理由，贈送石崎由紀子蛋糕的？」

「聽說那天是石崎由紀子的五十九歲生日。」黑田刑警答道。

「耶！她已經五十九歲了嗎？女人的確是怪物。」

「這個女人說是為了慶祝石崎由紀子生日，才親手做蛋糕送給她的。」

「是手製蛋糕嗎？」

如果那是真的塑膠炸彈，那不是很可怕的玩笑嗎？矢部這麼想著。

矢部一面喝咖啡，一面反覆看了好幾遍畫像。

「不太吻合。」

「哪裡不吻合？」

「我曾聽到她打來的電話，那時的聲音和語調給人一種精明能幹的感覺，可是，這張畫像卻只讓人感覺到愚蠢。」

「照這樣說來，您認為不是這個女人嗎？」

「這也很難說。如果這個女的是犯人的話，那她或許是故意化妝成平凡的女子也說不定；因為有人化妝得很漂亮，也有人剛好相反，化妝得很醜。如果她不是犯人，那就有可能只是被別人拜託去贈送蛋糕而已。」

「說得也是，畢竟女人一化妝，就判若兩人嘛！」

「那，別人對這張畫像有何反應？」

「我們拿著這張畫像在機場內到處詢問，奇怪的是，竟然沒有目擊者。」山下刑警說完，輕輕歎了一口氣。

「協助製作這張畫像的十五個人，都說這張畫像跟那女人很神似嗎？」

「是的，她們都說非常像。」

「那不是很奇怪嗎？這是非常醒目的一張臉呀！因為挽著髮髻，又戴著白色大口罩，顯得非常顯眼呀！」

「我們也認為機場職員和計程車司機中，一定會有人看到這個女人，所以很興奮的一一加以調查，只是結果居然連一個人也沒看到她，這種事情我還是第一次碰到。」黑田很洩氣地說著。

矢部好像在鼓勵部下般地說：「不要喪氣，事情多半是這個樣子：這張畫像上的女人一定是把蛋糕交給石崎由紀子後，立刻躲進化妝室裡面，打扮成另外一個人出來，因為如果換上華麗的衣服、拿掉白色口罩、眉毛畫粗、戴上帽子，再畫上眼線的話，就等於完全變了一個人。」

「如此一來，這張畫像一點用處也沒有；沒有用處，不就等於上了犯人的當嗎？」

「話不能這麼說，至少它還有一個作用，那就是可以確定三月二十八日，被認為犯人的女人的確出現在這裡。」

矢部像是在安慰部下似地說著；事實上，他也是在為自己打氣。他在內心發誓，既然自己特地從東京趕來福岡，那就無論如何，一定要找到解決這次事件的關鍵點。

西餐廳裡客人進進出出，可是沒有一個人在他們身邊坐下來；大概是因為這三個人的眼神太過銳利，令人不由得對他們敬而遠之吧！

「可是，塑膠炸彈到底是什麼東西呢？」

山下刑警一面搔著頭，一面問矢部。這也是再自然不過的事情，因為激進派都是使用普通的定時炸彈和汽油彈，從未使用過塑膠炸彈。

矢部拿出記事簿說：「其實我也不是很清楚，所以我在來這裡以前，先打了電話給科研所，詢問有關塑膠炸彈的事情。根據科研所的專家說，目前最新的塑膠炸彈是美國製造的，取名為『C4』，C是Composition，『組成』的意思，C4就是指由四種成分組成炸彈的意思，顏色是白的。」

「是哪四種成分呢？」

「RDX[18]炸藥百分之九十一，聚苯乙烯百分之二•一，輕油百分之〇•一，其他百分之五是混合物。這些東西除了輕油外，我也不是很清楚；組合出來的成品是白色黏土狀，可以做成各種形狀，這就是塑膠炸彈的特性。它既可以做成板狀，也可以做成花瓶，所以很難發現，在越戰時，越共常在游擊戰中使用它，就是看中它的這種特性。」

「這樣說來，應該也可以做成蛋糕的形狀吧？」

「當然可以。只是，C4無法自行爆炸，必須要有引爆裝置才行，也就是要有雷管。因此，我已經知道犯人選定福岡作案的原因了。」

「是什麼？」

「經我一調查，不禁讓我大吃一驚。原來福岡有這麼多火藥工廠，日本三大火藥製作公司在福岡都有工廠，當然也製造雷管；換句話說，要在福岡弄到雷管很容易。等下就立刻去協助當地的警方調查火藥工廠吧！」

「除了這點以外，您還有沒有想到犯人挑選福岡犯案的其他原因？」山下刑警又問道。

「我還想到兩個理由，一是為了顯示他們的夥伴遍布全國各地，因此才叫女人打威脅電話。另一個原因則是利用警察的特性。儘管警方下定決心展開廣範圍搜查，可是，沒有發生事件，警方也不會採取行動。雖然東京和札幌成立了共同搜查本部，可是在沒有發生事件的九州，當然也不會進行搜查。我認為他們是要突破這快空白。」

「如此一來，下次或許會在大阪附近狙擊新幹線也說不定哪！」

聽黑田刑警這麼脫口一說，矢部立刻以激烈的口氣應道：「絕不能讓他們這樣做！下次一定要在他們殺害人質以前，把他們逮捕起來，絕不能再讓他們爆破飛機、新幹線，不然的話，警方的顏面就要保不住了！」

4

矢部警部特地前往福岡縣警署，再度確認事件的嚴重性。

當然，也是要和對方進行共同搜查。

縣警搜查一課的刑警幾乎全數出動，徹底調查縣內所有的火藥工廠。

特別是針對雷管，他們更要將帳簿與現貨一一加以核對。縣內的大小工廠一共有七家，警方以三、四名刑警為一組，挨家挨戶地前往每家工廠調查。

就連不良品和廢棄品，警方也都一一加以清點核對；可是，在縣警本部等待的矢部一直沒有接到雷管遺失的報告。

儘管七家工廠都調查完畢，也沒有發現雷管遺失。

如此一來，犯人是從別縣的火藥工廠盜取雷管的嗎？

註18：又稱黑索金，是一種威力極強的炸藥，通常用於軍事上。

福岡縣警署拜託其他縣警也協助搜查。

矢部則是親訪福岡縣最大的N火藥KK工廠，跟廠長見面。

「除了從這間工廠裡盜取雷管外，還有沒有其他方法可以弄到雷管？」

聽矢部這麼一問，有三十年經驗的廠長想了一下後說道：「這裡是製造工業用雷管的工廠，由於都賣給建築公司，所以或許可以從建築工地竊取。」

矢部觀看現貨，是長約三十五公釐，直徑七・五公釐的小鋼管，裡面有引爆藥雷汞（雷酸二價汞）和添爆藥（三硝基苯甲硝胺、季戊四醇四硝酸……等）。

「有沒有私人來購買？」

「沒有，因為我們不賣給私人。」

「私人不可能會製造雷管嗎？」

「是的。」廠長好像很慎重地想了一下後，開口說：「外行人是不可能會製造雷管的，因為一個弄不好，不是無法引爆，就是自己會被炸傷。」

「以前在這裡工作的員工呢？」

「或許會製造也說不定，不過，沒有零件就很難製造。特別是安裝電氣點火裝置，更必須要有相關的零件才行。」

「電氣點火裝置？」

「通常是在雷管加上導火線，點燃就會引爆；可是，如果要用電引爆的話，就得在雷管裝上電氣點火裝置，這叫做電氣雷管。」

經由廠長的話，矢部等人開始調查向火藥工廠購買雷管的建設公司。可是，儘管到了晚上，還是沒有接到遺失雷管的報告。九州的其他縣傳來的，也是同樣的報告。

在九州，連一根雷管也沒有遺失。

5

這天也是繼續在潮岬海面進行打撈作業。家屬們坐在租來的觀光船上注視著打撈作業，每個家屬都是一臉疲憊。

運輸大臣也為了監督作業和激勵工作人員特地趕來現場，在巡邏艇上注視了兩個小時的打撈作業。

為了收容遺體和機體，兩艘大型平底船被拖船拖到現場。

幸好海面依舊非常平靜，陽光照在海面，閃閃發光；如果沒有一百九十六具遺體沉在九十公尺深的海底，這確實是片和平又寧靜的海域。

潛水夫往漂浮著家屬丟下花束的海面跳下去，潛向海底。

由於機體非常重，因此非得截斷成三段，才能打撈上來。

在打撈機體之前，他們先把機艙內的遺體一一打撈上岸。

當三名潛水夫打撈起第一具遺體時，守候的家屬間發出慘叫聲和哭泣聲。

因為打撈上來的女乘客右手折斷，臉也只剩下半邊。

在平底船上的海上保安廳職員，用早已準備好的毛巾蓋住慘不忍睹的遺體。

由於墜落地點是在九十公尺深的海底，因此每隔二、三十分鐘才能打撈起一具遺體；為了加快速度，有關單位又從東京叫來了五名潛水夫。

五、六具遺體擺在平底船上，就連外行人也看得出這次事故不是引擎故障造成的。由頭等艙的遺體最為悽慘看來，這裡一定發生過爆炸。

雖然警方已經接到藍獅的電話通知，可是為了謹慎起見，並沒有把爆破的事情告訴事故調查團；不過，事故調查團已經開始懷疑，這可能是有計畫的爆破事件。

6

在箱根，首相傾聽來自東京的渡邊祕書官憂鬱的報告。

「剛剛收到來自事故現場的報告，好像是有人把炸彈帶進機內，才造成這次事故。」

由於渡邊祕書官也感到很痛苦，所以報告的聲音變得很低沉。

「這樣說來，自稱是藍獅的那個女人在電話裡所說的是真的了？」首相很焦急地問。

「是的。當然，另有他人為了詐領其中一名乘客的保險金，才爆破四一七班機，這樣的可能性也不能加以忽視。」

「警方還沒有查出藍獅的任何線索嗎？」

「目前似乎還沒有，矢部警部好像已經親自飛往福岡調查了。」

「客機的遇難者名單中有曾根崎先生。」

「是的。要不要以首相的名義向死者家屬拍發慰問電報呢？」

「不，我親自打電話向家屬慰問。有一名美國大使館館員死去，你就以我的名義對館員的家人發表哀悼之意吧。」

「是。」

「目前有誰知道這起爆炸事故是藍獅的人幹的？」

「目前已經聽過新錄音帶的人有首相您、法務大臣，以及國家公安委員長，特別搜查本部的刑警當然也知道。」

「運輸大臣現在應該已經前往現場為打撈作業加油打氣了。他有聽過錄音帶嗎？」

「沒有。為了不影響判斷，我們並沒有讓運輸大臣以及事故調查團聽，這樣好嗎？」

「過一陣子再告訴他們好了。」

「井原副首相呢？要不要通知他？」

「還是不要讓他知道的好，因為一旦讓他知道，他一定會打電話來指責我，說都是我一開始接了對方的電話，才會讓對方如此氣燄高張，其他閣員大概也是一樣吧！我想在這裡靜養兩、三天，希望下次接到你的電話，是向我報告已經逮捕藍獅那群可惡傢伙的好消息。」

「如果他們又打電話來，那該怎麼辦？」

「你還不知道嗎？我是首相、是內閣總理大臣，絕不能屈服於任何的威脅；如果藍獅那群傢伙知道我不受威脅，或許會死了這條心。你就讓對方知道這件事情吧！」

首相很生氣地掛斷了電話。他確實很生氣，一方面是氣警方到現在還找不出任何線索，另一方面也是氣藍獅這群傢伙的無理取鬧。

7

同一時間，左文字和史子也在三十六樓的事務所裡，收看電視播報全日空飛機失事的新聞。

矢部已經打電話告訴他，這次的事故是藍獅這群人幹的。

「好殘忍啊！」

史子皺著眉頭說道。電視畫面不斷重覆播送著遇難的一百九十六人的姓名。

「的確很殘忍。可是，就藍獅這群人來看，只是照計畫犯案而已。」

「話是這樣說，但我還是不懂。」

「不懂什麼？」

「人死得愈多，政府的態度就會愈發強硬呀！如果因為一百九十六人被殺，所以政府就決定付贖金給犯人，那麼政府將會受到國民的強烈責難；更何況首相也無法自由使用預算，不管從哪方面來想，都無法取得贖金。我所不解的是，既然如此，那藍獅這群人又何以要大量殺人呢？」

「誠然如此。不過，如果他們都是天才，那就一定有我們沒注意到的計畫，要不然的話，他們也不用殺害一百九十六人了。」

可是，究竟是什麼計畫，左文字自己也不知道。

左文字想起前天見面的菅原明平和森晢子的臉；那是兩張還很年輕的臉龐。會是那兩個人跟其他夥伴，一起演出了這次全日空飛機失事的慘劇嗎？

晚報送達，左文字坐在搖椅上看著晚報。

頭版和三版全都是有關全日空客機失事的新聞，有警方和總理祕書官的報導，卻完全沒有藍獅的消息。

就在這時，正在翻閱第三版的左文字忽然「啊！」地大叫出聲。

「怎麼啦？」

史子這麼一問，左文字把攤開的晚報遞給她，說道：「妳自己看吧！」

他的臉色變得很蒼白。

史子一面搖著頭，一面看著第三版。

年輕的天才在伊豆集體自殺

史子也大叫一聲，連忙往下繼續閱讀報導的內容。

「啊！」

二十九日上午九點二十分左右，在伊豆天城山附近散步的前田憲吉先生（六十歲），因為聽到從佐藤弘先生的別墅不斷傳來狗吠聲，覺得有點奇怪，於是便進去一看，結果發現有五名男女死在客廳裡，於是連忙報警。

根據調查，這五個人是佐藤弘先生（二十八歲）、菅原明平先生（二十八歲）、高橋英夫先生（二十七歲）、森晢子小姐（二十八歲），村山朋子小姐（二十七歲），全都是服氰酸鉀死亡。

客廳裡有一封五人署名的遺書，顯見五人的死意甚堅。

佐藤先生都是IQ一四〇以上，在U大學特別班接受教育的同窗，畢業後成立「社會構造研究會」，對現代日本的病根提出嚴厲的批評。

遺書當中寫著對現代日本社會的絕望和警告……

史子把報紙放下來，神色黯然地看著左文字。

「我知道啦。」左文字也以黯然的表情說著。「我們弄錯了。那兩個人把我們迷倒，只是為了不讓我們干擾他們自殺的舉動罷了。」

「如此一來，我們又觸礁了。」

「不。」左文字猛搖著頭說道。

「可是——」

「我們再去一趟日本英才教育中心看看。」

左文字從搖椅上霍然起身。

「可是，我們不是弄錯了嗎？」

「是的。不過，像綁架全日本國民這種破天荒的事情，一般人連想都不敢想；更何況，根據犯人在電話裡所說的話來推斷，藍獅是天才們所組成的，而且是遭遇挫折的天才。」

「可是，U大畢業後，一起工作的團體就只有兩個啊！」

「所以，這次我們要調查不屬於團體的人。」

8

左文字和史子再次前往日本英才教育中心，和柳沼理事見面。

左文字首先為五人自殺一事弔唁後，柳沼眨了一下眼睛說：「由於那五人比常人更加單純，因此絕望感才會那麼深。你們這次來訪，有何貴幹？」

「我們想再次翻閱U大學畢業生的卡片。」左文字說。

為了找出遭遇挫折的天才，左文字和史子一張又一張地翻閱著卡片。

有畢業生在M重工擔任生產研究所所長，這一定是很滿意的工作吧！

也有擔任T大哲學教授的，這似乎也可以剔除掉。

還有很多在外國的大學擔任講師，左文字也認識其中幾位。

在這當中，在美國大學提出諾貝爾獎等級發現的某物理學教授，他的名字也出現在卡片上。

這些智商在一四〇以上的天才兒童，卡片上記載的經歷也很吸引人。

不過，裡面也有幾張經歷欄一片空白的卡片。

「這是怎麼一回事？」左文字向柳沼理事問道。「看起來不像是畢業後完全沒有就職的樣子。」

「關於這點，不透露可以嗎？」

「不，我希望你能告訴我們。」

「事實上，他在畢業之後，就犯下了案件。是刑事案件。」

「因此被關進監牢裡了嗎？」

「是的。」

「是怎樣的案件？」

「殺人案件。他喜歡一個女人，對他來說，當然認為那個女人也喜歡他；可是，那個女人卻和一個平凡的上班族結了婚，這對自尊心比平常人強一倍的他，是無法忍受的事情。」

「於是，他就殺了那個女人？」

「不是，是殺害男的。」

「原來如此。輸給比自己笨的人，對腦筋聰明的人來說，或許是極端難以忍受的事也說不定吧！那，這人現在還在牢裡嗎？」

「不，那時有名同是U大學特別班出身的優秀律師替他辯護，所以最後只判刑八年，四年前已經出獄了。」

「在這前後的住所都不知道嗎？」

「是的，不要說是住所，就連他現在從事什麼工作也不知道。」

「這個人值得注意。」史子說完，把這個男子的姓名抄下來。

牧野英公（三十五歲）

住所和目前職業都不明。雖然卡片上有貼照片，可是那是十二年前，從U大畢業時的照片。由於那時前途似錦，所以牧野的眼中充滿了光采，給人很優秀的感覺；可是，四年前出獄之後，他的眼睛還會閃爍著這樣的光輝嗎？

兩人又翻閱了將近一百張卡片後，發現了第二個值得注意的人。

雙葉卓江（二十九歲）

這是她的名字。
她在U大學主修化學，畢業後考進研究所，二十六歲就取得博士學位。
可是，寫在卡片上的簡歷就有點黯淡無光。

二十七歲　結婚。
二十八歲　離婚，進入松江精神病院就醫。
二十九歲　出院，之後下落不明。

「她在唸研究所時，我曾和她見過面。」柳沼理事以沉重的口氣說著。
「是怎樣的一個女人？」
史子一面看著卡片，一面向柳沼理事問道。大概因為同為女性，才引起她強烈的興趣吧。
「說女性『很會思考』，或許會被對方叱責也說不定，不過，她確實是很會思考事物；然而，也正因為太會鑽牛角尖，才給她帶來了悲慘的下場。」

「這話怎麼說？」

「如果她繼續做單身貴族，只熱衷於研究學術的話，或許會很幸福也說不定。」

「你是指她戀愛、結婚的事嗎？」

「是的。雖然上面沒有把她丈夫的名字寫出來，不過是某大電機製造廠的技術員，是個很粗俗的男子；不幸的是，她卻喜歡上了這個粗俗的男子。卡片上有她的照片吧，雖然不是絕世美女，不過倒是很有知性的女人。她的丈夫要她當個平凡的女子，也就是那種不論丈夫說什麼，她都說是的女人；事實上，她也很努力在試著讓丈夫滿意，但結果根本沒有用，因為她原本就很聰明，不可能成為泛泛之輩的女人。最後，在精神不堪負荷下，她得了精神病。她的丈夫更是藉此跟她離婚，而她只落得個進入精神病院療養的悲慘結果。」

「現在她應該已經出院了吧？」

「是的，聽說她已經出院了；不過，出院之後的情形我就不清楚了。像她這種才女就這樣被埋沒，我覺得很可惜。」柳沼理事的話讓人覺得很心酸。

9

第三個人比前兩個人稍微複雜點。

最初接觸那張卡片時，兩人並不覺得有什麼可疑而忽略過去。

串田順一郎（三十四歲）

U大醫學院畢業。

國家考試及格後，在城北醫院擔任外科醫師。

之後，隻身前往瀨戶內海的K島診療所任職。

乍看之下，是沒有什麼疑點的簡歷。

放棄原本在大醫院的職務，前往瀨戶內海的小島診療所就職，這是一項美談，可是，史子卻覺得有點可疑。

「不久前我在電視上看到一個節目，裡面有提到這個K島，說從東京前來的醫生突然不告而別，該島又變成無醫村而大為傷腦筋。」史子說著。

「那時有沒有提到那個醫生的名字？」

聽左文字這麼一問，史子想了一下後說：「有，好像就是串田醫生，聽說是專攻內科和外科的醫生。那個醫生是個很奇怪的醫生，經常放著病患不管，前往海邊垂釣；村長訴說無醫村的不安，希望能有醫生前去執醫。」

就如史子所說的，這個串田醫生應該不是為了使命感，才去瀨戶內海小島行醫的。

「這個人，」左文字把卡片拿給柳沼理事看，向他問道：「你知道他離開城北醫院的原因嗎？」

「我想是出於正義感，才拋棄良好的環境，前往無醫村的K島任職吧。」

「你曾和串田醫生見過面嗎？」

「只見過一次，是在他要去K島赴任，我去羽田送行時見面的。」

「那時對他的印象呢？」

「好像是個有點神經質的青年，不過可能是因為寒冷的關係，畢竟那時是十二月。」

除了這三個人之外，再也沒有找到引起左文字和史子注意的人。

一則沒有發現作奸犯科的經歷，二則是年齡不吻合，畢竟自稱藍獅的人，不可能是六、七十歲的老人。

向柳沼理事道謝、離開中心後，為了確定串田順一郎的事情，左文字夫婦搭乘計程車，前往城北醫院。

在車上，司機向他們說：「發生嚴重的事故了哪。」然後打開收音機。

收音機裡，記者正在播報噴射客機失事的新聞。

一次又一次播報遇難乘客的名字後，記者用激動的口吻說：「預計明天早上，可以將機體從海中打撈起來。觀看出現在監看器上的機體損壞狀況的專家中有人表示，是因為遭到爆破，才導致飛機失事。」

「如果是被放置炸彈，那目的果然是為了保險金嗎？」

好像很喜歡講話的司機，向左文字和史子這麼說著。

「是有這種可能啦。」

左文字一面隨口應和，一面想著別的事情。

他實在不懂原本一次只殺一、兩人的藍獅，為何會突然大量殺人？

就在他左思右想時，車子已經抵達了城北醫院。

城北醫院是一棟五層樓的綜合醫院。

目前已經過了診察時間；左文字在這裡，以首相祕書官渡邊的身分和醫院的總務長見面。

總務長在城北醫院已經任職二十年，相當資深。當左文字一提到串田順一郎的名字時，總務長的臉色立刻變得非常嚴肅。

看樣子，串田順一郎這名字在這家醫院裡是禁忌。

「串田醫生何以離開這家醫院？希望妳能告訴我理由。」左文字單刀直入，切入主題問道。

總務長回答說：「其實也沒有什麼，他只是想前往偏僻的無醫村而已。」

「這是檯面上的理由，我是想知道串田醫生辭職的真正理由。」

「真正的理由，就是串田醫生想去瀨戶內海的K島診療所而已。」

「這我知道，可是理由應該不是那樣子。」

「這是真的呀！串田醫生就只是想去無醫村行醫，才前往K島呀！」

總務長的一意堅持己見，反而讓左文字覺得串田醫生的過去必有不可告人之處。

「喂，總務長！」左文字凝視著對方的臉說：「串田醫生目前很有可能捲入嚴重的案件裡面；不是我在嚇妳，那是殺人案件啊！」

「殺人？你說的是真的嗎？」

總務長的臉色大變。與其說她是被「殺人」兩個字給驚嚇到，倒不如說更讓人覺得她的反應，是與串田醫生的過去有所關連。

「是真的，」左文字說。「所以非加以防範不可。為此，我們有必要了解串田醫生的事情，不然的話，很有可能會演變成大量殺人。希望妳能協助我們。」

「……」

總務長陷入了長考之中。

大約五、六分鐘後，總務長以嚴肅的眼神看著左文字和史子，開口說道：「希望你們能保守祕密。」

「那當然，因為我們是在首相的授意下行動，所以絕對會保守祕密。」

「也不要提及這家醫院的名字，可以嗎？」

「絕對不會提，我可以發誓。」

「事實是……」事務長突然用相當陰鬱的語氣開始說著。

「自從串田醫生來到這裡以後，就有點怪怪的。雖然他很聰明、醫術也很高明，可是卻抱持著某種奇特的想法。」

「奇特?是怎樣的奇特?」
「雖然他是優秀的醫生，可是想法卻異於常人；他說，為了醫學的進步，不管做什麼都應該被允許……」
「也就是說，是為了目的，任何手段都可以正當化的想法嗎?」
「是的。他的想法甚至危險到了『為了救五百個病人，就算殺害兩、三個人也無所謂』的地步。」
「日本的醫生在中國進行活體解剖時，用的也是這套理論。」
日本七三一部隊的醫生，以利用中國囚犯進行活體解剖而惡名昭彰。當時的醫生，目前還有幾名活躍於醫界；他們的唯一解釋是，「這樣醫學才會進步」，可是就被殺害的一方來看，這是多麼殘忍的事情啊!
「串田醫生，也做了類似活人解剖的事情嗎?」
「是的。那是去年中旬十月發生的事。那天深夜，有一個因車禍受傷、瀕臨死亡的青年被救護車送來；青年的頭蓋骨骨折，送到醫院時已奄奄一息，當時在這裡的，就只有輪值的串田醫生和看護而已。」
「照理說，應該是立刻進行手術吧?」
「嗯，不過串田醫生卻把那個患者送到了放射線治療室。」
「放射線治療室?那是以放射線照射腫瘤和肉瘤的治療方法吧，外科手術不是沒有必要把患者送到那種地方嗎？」

「放射線治療，難就難在患者究竟能接受多強的放射線，以及照射多久時間。若是過強或過久，不只對皮膚，對內臟更是有害，這就是放射治療的難處與危險處。據說串田醫生事後說，他已經掌握住了它的界限。」

「……」

「瀕臨死亡的重傷者，其肝臟還很健康，於是串田醫生使用直線加速器發射強X光，直到肝臟變紅、糜爛為止；在這過程中，他不斷地測量著肝臟糜爛的時間與X光量。」

「直到肝臟完全被X光破壞為止嗎？」

「是的。」

「這不就等於是殺人嗎？」

「據串田醫生說，那名青年絕對沒有救，可是，由於自己的實驗，已經得到有關放射線治療的寶貴資料，所以他這麼做是正確的。」

「那麼，院方拿什麼死因搪塞死者的家屬？」

「當然是說腦內出血死亡。」

「可是，他不是早在腦內出血死亡之前，就已經因肝臟被X光照射身亡了嗎？」

「因為此事只有串田醫生和那名看護知道。」

「那，他又怎麼會離開這裡呢？」

「那時和他在一起的看護，把這件事情爆料給了認識的週刊記者。由於院方極力否認這件事，此事才沒有被報導出來；不過院長很擔心，於是叫串田醫生暫時去瀨戶內海的K島診療所避避風頭。可是，串田醫生去那邊之後沒多久就失去了蹤影，讓大家很擔心。」

「串田醫生對自己的行為有沒有感到很後悔？」

「就如剛才所說的，他是個有點怪異的人。他自認對醫學界做出了很大的貢獻，卻遭到如此非難，讓他感到很生氣。」

「那麼，串田醫生現在人在哪裡？他在從事什麼事情，你們全都不知道嗎？」

「是的。院方也感到很傷腦筋，因為跟他講好要在K島的診療所待上兩年，可是他只待了四個月就不見蹤影了。」

「串田醫生有沒有家人？」

「父母親和弟弟住在廣島，不過他好像沒有跟家人聯絡。剛才所說的，希望你們能嚴守祕密。」

「我了解。」左文字點頭說。

第六章　意外的發展

1

發生三星事故三天後的三月二十一日，各報版面仍然在報導這起事件。

沉在海底的機體，已經全部被打撈上來。

一百九十六具罹難者的遺體也被打撈上來，更增添家屬的哀悽之情。

由機體和屍體的破壞情況來研判，事故調查團得出的最終結論是很有可能被放置炸彈，而放置的地點是接近主翼附近的座位下面。

這項具有衝擊性的結論一發表出來，立刻在媒體間引發了燎原大火。

「不安的時代」

「瘋狂的時代」

諸如此類的標題在報紙和電視氾濫著。

警方態度的曖昧不明，更造成人們內心的不安。

既然事故調查團表示飛機有可能被放置炸彈，那警方理所當然應該展開調查才對，可是，警方卻忽視了調查團的調查結果。

事實上，警方已經展開了搜查行動，只是因為這是「綁架案件」，怕會引起社會大眾的恐慌，所以才會採取曖昧的態度。
警方已經在不知不覺間，認定這一連串的案件是「綁架案件」。
各家晚報的截稿時間通常是下午兩點，而就在下午一點整，位於東京八重洲口的中央新聞社社會版，收到了一只小包。
那只小包大約是公事包的一半大小，用油紙包裹起來，外面的收信「中央新聞社社會版」是用從報紙或雜誌剪下來的字貼成的，寄信人「藍獅」也是一樣。
社會版的主編和記者們，全都臉色有點蒼白地注視著那個小包，因為在發生飛機事故後，有謠傳說那起事故是炸彈造成的。
更何況，連日在版面寫下「不安」、「恐怖」等標題的正是他們自己。
「不會真是定時炸彈吧？」主編用半是認真、半開玩笑的口吻向圍觀的記者們說。
「由於沒有聽到喀嚓喀嚓聲，所以我想多半不是定時炸彈。」
年輕的記者把耳朵貼在小包上聽了一會後，得意地說著。
「這個小包是怎樣收到的？既然沒有貼郵票，那大概是有人送到樓下的櫃檯吧？」
主編又環視著大家的臉。
「據櫃檯小姐說，是有人趁她們不注意時，放在櫃檯上的。」
「不注意的時候？還真是不可靠的櫃檯哪！」
「這也不能完全怪她們，畢竟櫃檯只有三個人而已，每天又是人來人往的，如果是偷偷把它放在櫃檯邊邊，不記得也是很正常的事情。」

中央新聞社的櫃檯有三名值班小姐。

身穿橘黃色制服的櫃檯小姐，工作可說是十分忙碌。

有人來拜訪時，她們必須先把來訪者登記在卡片上，然後以電話通知受拜訪者；此外，從社內的參觀到回答詢問，全是她們的任務。

在忙著處理這些事情時，縱使有人把小包放在櫃檯旁邊，她們大概也無從察覺起吧。更何況，也有許多人前來櫃檯暫時寄放東西。

「要不要打開來看看？」主編說道。

「這樣好嗎？畢竟藍獅很像是激進派的名字，而我們向來很嚴厲批評激進派的行動呢。」

「要說嚴厲批判，《赤旗》[19]可是比我們兇狠多了哪！如果害怕的話就離開好了！」

主編說著，從桌子的抽屜裡拿出剪刀，剪斷捆住小包的繩子，打開小包。

裡面是一只大型便當盒，是塑膠製的盒子。

由角落還留有黏貼價格表的痕跡看來，應該是在市面上購買的。

打開蓋子時，主編也瞬間顫抖了一下。不過，既沒有發生爆炸，也沒有跑出老鼠。

註19：日本共產黨的機關報，主張以溫和民主方式進行社會主義革命，和崇尚毛澤東思想的赤軍等激進左派處於極端對立的立場。

在盒子裡面，放了八卷錄音帶。

由①到⑧，每卷錄音帶都以斗大的字寫了一個號碼，沒有信和照片。

「按照順序聽聽看。」

主編拿起①的錄音帶。

「這會不會是有人在惡作劇？」

「就算是惡作劇，也很有趣呀！」

主編叫記者拿來錄音機，從①開始聽起錄音帶。

2

傳出來的是個很鎮定的男人講話聲。

聲音有點尖銳，不過非常清晰；可是讓記者震驚的，並不是聲音的性質，而是談話的內容。

——各位記者，我現在所要說的事情，全都是真實的，等聽完②到⑦的錄音帶，便足以證明這點。若是已經了解整件事情的話，就請聽⑧的錄音帶。

雖然說我——其實應該說我們才對，不過我不便公布我們的人數——我們已經在三月二十一日，綁架了一億兩千萬日本國民，其中也包括在日本的外國人。

我想，多半你們會對我們的宣言一笑置之，認為我們在開玩笑吧。不過，你們好好想一想。就在我們宣布綁架的那一瞬間，一億兩千萬名人質的安全已落在我們的手中。以二十萬名警察想保護一億兩千萬名人質的安全，那是不可能的事情；就算動員自衛隊，也不知道我們要狙擊哪個人質，只有乾著急而已。

二十萬名警察和一年投注五千億圓鉅額經費的自衛隊，在我們面前顯得多麼的無力。

又，首相和他的親信不答應我們的要求，只是在逃避他們的責任而已。

也因此，我們不得不殺害人質。對我們來說，那是很痛苦和悲哀的事情，可是，為了讓他們知道事態的嚴重性，我們只好殺害人質，其經過只要聽完②到⑦的錄音帶，就會明白。之後，再聽⑧的錄音帶，就會非常清楚我們的要求和主張。

又，在錄音帶中也有首相的聲音，如果有所懷疑的話，可以送去做聲紋或者其他科學調查。

3

聽完①的錄音帶後，主編和記者都感到半信半疑。有很多人認為這是惡質的惡作劇；居然自稱綁架了所有日本人，這人的腦袋一定秀斗了。

不過，他們還是決定按順序把剩下的七卷錄音帶聽完。

隨著錄音帶的播放，記者的眼神也跟著改變。

聽完第七卷有關三星事故的電話錄音後，他們忍不住面面相覷。

「不要磨蹭！」主編吼叫道：「一個人去打電話給人在首相公邸的渡邊祕書官，向他確認這件事情，另一個人去調查警方的行動，其他的人繼續聽最後一卷錄音帶！」

主編下達命令之後，一個記者立刻向電話飛奔過去，另一個則衝出辦公室，朝著櫻田門跑過去。

剩下來的記者圍著主編，仔細聽著第八卷錄音帶。

錄音機中傳出的是跟第一卷錄音帶同樣的男子聲音，嗓音依然有點尖銳。

——聽完②到⑦的錄音帶後，你們有何感想，不用問我也知道。

你們一定感到很震驚，知道我們不是在說謊。

你們多半會向祕書官求證，並且調察警方的行動。

不過，祕書官和首相身邊的人一定不會承認，而警方也會說沒有從事那種調查，因為他們害怕此事一旦公諸於世，將會造成社會大眾的不安，想要暗地裡解決這起重大的綁架案件。

可是，他們真能解決嗎？

這次的綁架案件，跟一般的綁架案件可不一樣。

正如前面所說的，由於人質眾多，警察和自衛隊不可能保護所有的人質。雖然警方已經稍微注意到此事，可是為了自己的威信，又不敢公諸於世，讓社會大眾知道。也因此，他們才嚴詞拒絕我們的要求；如此一來，我們不得不殺害人質，這個倒霉的人質，或許是現在正在聽這卷錄音帶的你們也說不定。

在我們的四周充滿人質，根本沒有選擇的必要。縱使在黑暗中開槍，也會有一個人質中槍死去。

明明事態如此嚴重，但當局者依然無法理解。他們為了自己的面子，誤以為自己可以保護一億兩千萬名人質——不，不是誤以為，而是相信可以保護人質。

可是，他們無法保護，因為他們沒有這個能耐；就算擁有多麼精良的武器，以及多麼龐大的預算，他們連一個人質也無法保護。

這是不爭的事實，可是，他們依然拒絕我們的要求，不肯付贖金。因為他們擔心如果答應我們的要求，支付贖金的話，他們的權威將會瓦解，同時也害怕著自己變成無用之物。

可是，他們這麼做，只是徒然證明自己的愚蠢罷了。

為此，我們決定不去理會包括首相在內的無能掌權者，要給人質保護自己的機會。

我們決定給一億兩千萬名人質兩種選擇：

一是每個人付我們五千圓贖金。

如果想以五千圓贖金購買安全，也就是想從身為人質的處境中被解放出來，就把五千圓匯進M銀行江東分行，普通存款０７２９２８號「三神德太郎」的戶頭裡面，一家三口就是一萬五千圓。我們一收到存款，便會立即致贈美麗的和平徽章；如果把徽章掛在胸前，我們就知道是有付贖金的人質，不會對他採取狙擊行動。

二是不想付贖金的人就要自我保護。對於忘了自我保護的日本人來說，這次是最好的訓練機會。

只是，我們對拒絕付贖金的人會毫不留情地加以狙擊，不管是走路、坐車或者是坐飛機，最好要小心點。

關於這卷錄音帶的公布，由於跟政府當局商量毫無意義，所以沒有必要和政府當局商議，因為他們根本沒有良策。

對於付贖金，我們不會給你們猶豫的時間。或許明天又會有新的人質被殺害也說不定，為了自身的安全，還是儘早付贖金吧。

4

主編拿著錄音帶衝進部長的辦公室；此事實在過於重大，非他一個人可以做決定。

老練的部長聽完主編的報告後，睜大眼睛說：「警方有什麼反應？」

「不用問也可以猜得出來。警方顯得很焦急，因為這些錄音帶是真的。」

「首相的聲音好像也是真的。」

「我想把它發表出來，這可是頭條新聞啊！」

「可是，這是綁架案件。」

「部長，這和一般的綁架案件不一樣。一般的綁架案件由於一旦發布出來，會影響到人質的安全，因此都祕而不宣；可是，這次的綁架案若是公布出來的話，可以保護人質的安全。更何況，犯人也有可能已經把同樣的錄音帶送給了其他報社，如果我們不登，到時候就變成我們獨漏這則新聞了。」

「距離晚報截稿時間還有幾分鐘？」

「好，把這則新聞放在頭版的頭條，並且使用聳動的標題。」

「標題我已經想好了，就用『前所未聞的綁架事件，震驚日本列島』好嗎？」

「很好。」部長笑著回答。

——這好像可以成為很有意思的新聞。

主編一回到辦公室後，一面叫屬下的記者儘快撰寫新聞稿，一面對記者本間說：「你去調查一下這個三神德太郎。」

「這個人是犯人嗎？」年輕的本間記者雙眼閃閃發光地問著。

「嗯——」主編沉思了一陣後，開口回答說：「不知道。如果這個人是犯人的話，這起案件不就馬上可以解決嗎？因為警方只要把這個三神德太郎逮捕起來，案件就結束了。不過，由這幾卷錄音帶聽來，自稱是藍獅的這群人很聰明，也很冷靜地在計畫這次案件，因此，他們大概也不可能馬上被逮捕吧！」

「那麼，這個三神德太郎會是虛構人物嗎？」

「如果是虛構人物，那又怎麼把徽章送給匯款人呢？」

「說得也是。如此一來，我就更加不懂了。」

「也就因為不懂，才需要加以調查啊！」

主編說完，便把年輕的本間記者送出了辦公室。

本間渡過隅田川，前往位於向島的M銀行江東分行。

三層樓的大銀行，座落在小型家庭工廠群集地區的正中央。

本間出示身分證，跟分行經理見面。

「貴分行有沒有一個名叫三神德太郎的存款戶？」

聽本間這麼一問，分行經理眼鏡後面的細小眼睛瞬間露出了迷惑的眼神，隨即眨了眨眼睛說：「本行有保守客戶祕密的義務。」

「這我知道，所以我並不是要問他存了多少錢；事實上，本社和三神先生有筆生意要做，我這次來，是要調查跟他做生意安不安全？如果您能告訴我去哪裡可以見著他，那是最好不過了。」

「貴報社要和三神先生做生意嗎？」

「聽說三神先生有在製作徽章，是不是？」

「是的。」

「本社最近要舉辦一項活動，需要用到徽章，因為聽說三神先生做事一向中規中矩，所以想向他訂製。」

「原來如此。聽你這麼說，我就明白了。前面那條大街向右拐，走約一百五十公尺，在那邊有一處交叉路口，進入那裡的小巷道往前走，立刻就能看到三神先生的家，因為他家掛了一塊『三神製作所』的招牌。」

本間向分行經理道謝後，便前往那條道路。

那是條瀰漫著江戶老街特有風味的道路。在魚店的旁邊有一塊小空地，那裡有一座祭拜稻荷神[20]的神社。一進入交叉路口旁邊的小巷道往前走，分行經理所說的那塊招牌便映入眼底。

馬口鐵的屋頂上塗抹著黑色煤焦油，是一家很典型的家庭工廠。本間用手擦了一下薰得黑漆漆的玻璃窗，往裡面一看，好像沒有人。

三神製作所是間兩層樓的房子，樓下是工廠，樓上是住宅，玄關口掛著「三神」的名牌。跟一般典型的老街房屋一樣，在房子的前面有一排樹木，也有一口小水池，二、三十公分的鯉魚在水池游來游去。雖然本間連叫了好幾聲，可是始終沒有人回應。

「三神先生！」

註20：稻荷神是掌管五穀豐收的神明，祂的使者常被認為是一隻白色的狐狸，所以其神社也以狐狸為象徵。

當他再度這麼大叫時，從他背後傳來一個聲音：「三神先生不在家。」

本間回頭一看，是個腳穿木屐的禿頭老人。

「請問您是？」

「我在他家隔壁開了一家汽車修理店。三神夫婦在一個星期前出門旅行了，要明天才會回來。」

「您知道他去哪裡旅行了嗎？」

「我不知道，因為他出去旅行都不說目的地，不過，我知道不久會回來。」

「那，您怎會知道他出去旅行了呢？」

「因為三神先生拜託我幫他澆樹木和餵鯉魚。」

老人在水池前的向陽處坐下來，開始餵鯉魚。

本間一面看著發出「啪嚓啪嚓」水聲吃食的鯉魚，一面向老人問道：「三神先生平日為人如何？」

「你是誰？我好像從沒見過你呢。」

「事實上，我想跟三神先生做一筆生意，所以想向您打聽一下他的信用度。」

「若是這樣，那沒有問題，因為再沒有比他更講信用了。」

「他的歲數多大？」

「他和我同年，所以應該是六十五歲吧！」

「您說他跟太太出去旅行了嗎？」

「沒錯。他們是一對好夫妻，跟他倆交往，絕對不會吃虧的。」

「他們有沒有孩子？」

「年紀一把才生了一個兒子，是在四十多歲時生的。」

「那個孩子呢？」

「兩年前離家出走後，就下落不明了。雖然那時那對夫婦感到很悲傷，不過現在已經走出悲傷的陰影了。」

「您說三神夫婦四十多歲才生，那麼，那個兒子現在大概是二十幾歲吧？」

「二十二、三歲。雖然是個好兒子，可是年輕人的心實在很難懂，因為他就那樣突然離家出走，然後下落不明了哪！」

「是啊！」

「話說回來，你幾歲呀？」

5

「可怕的綁架事件」是那天各晚報共同的頭條新聞。

看樣子，藍獅果然向各報社提供了相同的錄音帶。

左文字和史子在「耶特蘭雪」，一面看這則新聞，一面喝著咖啡。

左文字的信條之一，就是「雷不會二度打在同樣的地方」。雖然這純粹是機率論，並沒有什麼意義，可是，信條原本就是非科學的，所以他才能在這家店裡，安心地喝著摻砂糖的咖啡。

「他們終於忍耐不住，祭出公諸於世的手段了。」史子說道。

聽了史子的話，左文字只是搖頭說：「不對。」

「為什麼不對？」

「這不是忍耐不住，而是藍獅一開始就這麼計畫好了。」

「一開始就這麼計畫？」

「沒錯。」

「可是，他們一開始不是打了好幾次電話到首相公邸，要首相付五千億圓或五百億圓贖金嗎？只是因為首相拒絕，才把大家都捲進這起綁架案件裡吧？」

「對方是一群天才，」左文字搖著頭說：「他們不會擬定這樣彆腳的計畫。這次的事件，從一開始就經過相當緻密的擬訂，所謂挪用防衛費、或是把財界捐給保守黨的五百億圓當作贖金付給他們之類的要求，我想他們一開始就已經算計好，絕對不可能被政府所接受。換句話說，他們打從一開始，就沒打算要提出政府可能會接受的請求。」

「那，為什麼他們要這樣做？」

「為了錄音帶呀！若是他們在沒有證據的情況下，向報社說自己已經綁架了一億兩千萬名人質，而且已經殺害了其中幾名，報社應當不會相信才對吧！不只如此，這次的三星客機空難，要是他們空口說是藍獅，也就是他們幾個幹的，一定也不會有人相信。為此，他們才打電話到首相公邸，述說奇妙的綁架事件，並且加以錄音；這意思就是，錄音的不只是首相公邸，犯人這邊也有錄音。接著，在殺害兩人後，藍獅又再打電話和錄音，第三次則是照預定計畫大量殺人後，打電話和渡邊祕書官對談錄音。換句話說，他們是想藉由錄音帶，來證明自己的存在，也讓社會大眾知道他們的行為。通常犯人都會設法掩飾自己的罪行，可是他們剛好相反；藍獅這夥人是要讓大家知道，他們就是恐怖的綁架犯和大量殺人的兇手。」

「結果有成功嗎？」

「如果有錄音帶，那報社就不得不相信。如果有錄到首相的聲音，那他們就可以揚棄直到目前為止的假要求，提出真正的要求。」

「一人五千圓的贖金嗎？」

「正是。如果以一億兩千萬人來計算，就有六千億圓，可是警察和自衛隊員應該不會付贖金；扣除兩千萬人好了，剩餘的一億人就有五千億圓，這跟最初的要求額度完全一致。」

「可是，剩餘的一億人會付贖金嗎？」

「根據他們的計算，大概認為一定會付吧。天才的預測是否正確，我倒是很感興趣，而我也很想知道，人們是否認為花五千圓購買安全很便宜？」

「可是，就算想得再好，他們的計畫也不見得會成功，因為五千圓贖金的付款方式太荒唐了；想想看，如果警方把這則新聞中的三神德太郎扣押起來，他的夥伴們不就沒輒了嗎？這簡直就像小孩子在玩家家酒遊戲吧！」

「嗯。」左文字睜開眼睛，仰望著天花板一會兒後，繼續說：「我們不能小看對方。雖然我們在英才教育中心找到了有可能是犯人的三名男女，可是，我們無法確定他們就真的是犯人，也不知道他們的住所。」

「那三個人一定是犯人。」

「多半是吧。可是，那三個人的ＩＱ都在一四〇以上，甚至也有可能高達一六五；雖然我不是ＩＱ萬能主義者，不過可以確定的是，他們都很聰明。更重要的是，三人中的串田順一郎是有過活體解剖前科的醫生，個性很冷酷，認為只要為了目的，任何手段都可以被允許。雖說天才往往都是利己主義者，不過，冷酷和聰明應該是這三人的共通點。既然他們是為了目的不擇手段的人，我不認為這種人會那麼輕易便讓警方逮捕。」

「說的也是……」

「綁架最困難的是收取贖金的方法，是要對方把錢從天上丟下來呢？或是開立鉅額支票送來呢？」

「把錢匯進三神德太郎的戶頭裡，也是綁架案件收取贖金的一種方法吧？」

「是的。因此，他們沒有必要為收取贖金煩惱。」

「說的也是。這個三神德太郎一定是犯人的同夥，不然的話，他不會同意藍獅以自己的名義開戶，好讓贖金匯進他的戶頭內。如果能跟這個人見面的話，或許可以找到藍獅的線索也說不定。」

「我們沒有必要去找他，因為警方看到這則新聞後，一定會立刻去找他。警方將會動員所有的警力去調查三神德太郎，而矢部警部應該也會把調查的結果告訴我們。」

「也許吧。」

史子也點點頭表示同意。畢竟要進行身家調查，還是警方做起來會又快又徹底。

隔壁桌坐了一對年輕情侶，正在談論綁架的新聞。

由於聲音很大，所以他們的談話內容便自然傳進了左文字的耳裡。對於這兩名年輕男女對這次綁架事件究竟會有何反應，左文字相當感興趣，所以點燃香菸後，便默默傾聽著，史子見狀，也跟著靜靜聆聽了起來。

「好可怕啊！」情侶中的男子說著。「從現在開始，都無法安心搭乘飛機和新幹線了，因為這些傢伙好像什麼事都做得出來呢！」

「警察無法逮捕他們嗎？就算明天就把這些傢伙逮捕起來，也要損失五千圓啊！」這次是女子說話了。

「妳好傻，到時候我們去跟三神德太郎交涉，要他把五千圓退還不就得了嗎？」

「說的也是呢。雖然不知道會送怎樣的徽章，不過犯人一旦被逮捕，那枚徽章說不定會變得很值錢喔！」

「這種事情最好不要大聲嚷嚷，因為不知道他們在哪裡，更何況他們第一次殺人，就是在這家店裡。」

「這我知道，所以我才沒在咖啡裡摻糖。你打算付贖金嗎？」

「沒辦法，我打算付，因為我下個月要去大阪。不管是搭乘新幹線去，或是坐飛機去，我可不希望他們又製造類似這次的三星客機事故。」

這對年輕情侶喝完咖啡之後便離去了。

左文字看著史子說：「在一億兩千萬名人質當中，至少已經有兩個人打算付贖金了。」

「我們要不要也花五千圓購買安全呢？」

史子用既像開玩笑、又像認真的表情問左文字。

「我們無法用錢購買安全。」左文字說。

「為什麼呢？不久之前矢部才付了傭金，那筆傭金足夠付我們兩人的贖金了啊！更何況，我也想看看是什麼徽章。」

「妳馬上就可以看到了。」

「你認為，大家會爭著拿五千圓去購買徽章嗎？」

「沒錯，我就是這麼想的。對於這個現代社會，雖然有著種種的批評之聲，不過，現在仍然可以稱得上是相當美好的時代；大家都過著奢華的生活，不但有車子，也可以到海外旅遊。在這種時代裡，大家都很珍惜生命，因此，我認為一定會有很多人購買，畢竟不購買的話就很傷腦筋了。」

「為什麼呢？」

「因為他們害怕會被狙擊呀！」

「是這樣沒錯。可是你剛才說『縱使我們付贖金，也無法購買安全』，這到底是什麼意思呢？」

「我們已經鎖定了那三名男女為目標，如果那三人是藍獅的話，對他們而言，我們是一大障礙；就算我們付了五千圓，如果我們還是繼續追查下去的話，他們一定會對我們下手。」

「可是，我還沒有被狙擊的感覺啊！」

「由此可以證明，我們尚未接近他們。我們並不知道他們在哪裡、從事些什麼事情，而他們也是如此，所以沒有必要把我們消滅掉。」

左文字笑著說道。那不是平常明朗的笑容，而是一種自嘲的苦笑。

因為，就算藍獅現在爆破新幹線，他也無法加以防範。

「這三個人——」史子說到一半，忽然停了下來。

「這三個人怎麼啦？」

「你說天才是孤獨的，由他們組成團體這點來看，他們之間應該有什麼共通點才對。目前我們所知，他們的共通點就是都畢業自U大學。」

「那又怎樣？」

「我想再度調查那三個人的年齡。」

史子說完，打開自己鍾愛的記事簿。

「在監獄服刑八年的牧野英公是三十五歲，曾做人體實驗的串田順一郎是三十四歲，女性的雙葉卓江二十九歲。由於牧野和串田分別是三十五和三十四歲，所以我們可以假定他們曾有一段時間，一起在U大接受過教育；但二十九歲的雙葉卓江，從年齡來看，我不認為她有和這兩人一起在U大受教的可能。」

「嗯。」

「就算牧野和串田這兩人有同學之誼好了，牧野一從U大畢業，就馬上因為殺人而被關進了監獄裡，由此看來，我也不認為他們之間的交情會有多深。換句話說，這三個人是各自行動的個體。」

「嗯——」左文字沉吟了一聲後，忽然站起身來。

「走吧。」

6

左文字一站起身，立刻離開咖啡店。

史子連忙跟在丈夫的後面追趕著。這種時候的左文字一向不多作說明，只是冷不防採取行動，讓史子感到很傷腦筋。

史子追過去時，左文字正站在馬路上向計程車招手。

（這個人或許是天才也說不定，至少他的擅自行動是很天才。）

史子一面在內心苦笑著，一面跟左文字鑽進計程車裡面。

「文京區的日本英才教育中心。」左文字向計程車司機說道。

「又要去那個地方嗎？」

史子這麼一問，左文字的藍眼睛熠熠發光地說：「沒錯。」

「你不是說那三個人是各自獨立行動的個體嗎？」

「沒錯。天才的行事都很奇特，那三個人的性格和行動也確實很奇特，可是，在這次的案件中，他們的行動卻出奇的冷靜，因此讓我懷疑還有別人參與行動。如果那三個人是擔任執行的角色，那這種可能性就更加深了。那個人一定是足以讓他們心服、具有統率力和行動力的人，他們三個人正是透過那人，才結合在一起的吧！」

「可是，在畢業者卡片中，除了那三個人以外，再也沒有人生挫折的人啊！全都是活躍在社會各部門的人。」

「沒錯。領導者不會是人生挫折的人，而是內心扭曲的人；我認為這種人很適合擔任這次綁架案件的首謀者。」

當他們一抵達英才教育中心，柳沼理事便出來迎接，然而，他今天的表情卻顯得相當嚴肅。

「你們是不是認為在U大學接受教育的天才兒童中，有這次恐怖事件的犯人？」柳沼理事以嚴肅的口氣問道。

左文字一時感到有點不知該怎麼回答才好，因為這只是他的推測，並沒有真憑實據；也正因為如此，他才沒有告訴矢部警部。

「我只是覺得有這種可能而已。」左文字最後如此回答。

儘管這種回答很曖昧，可是柳沼理事卻產生了反應：

「我希望U大學畢業的學生都是好人。」

「你的心情我很了解，因此我才如此慎重行事，沒有證據之前不貿然下結論。不過，我曾聽你說過，因殺人在監獄服刑的牧野英公，是因為有優秀的律師替他辯護，他才只被判刑八年。」

「是的，野上君非常照顧我們。」

「原來如此，野上是律師嗎？」

「是的，是很優秀的年輕律師。」

「那個人也是U大特別班的學生嗎？」

「是的，是第九期生。」

「曾在醫院任職的串田順一郎拿人體試驗引發軒然大波時，是不是也是透過野上律師的介紹，才前往K島的呢？」

「也許吧。野上君雖然年輕，不過倒是位很熱心的好律師。」

「雙葉卓江小姐曾進入精神病院，出院時，我想應該有保證人才對，該不會也是由野上律師擔任她的保證人吧？」

「經你這麼一說，我記得好像是這樣沒錯；不過，我無法確定就是了。他也是本中心的顧問律師。」

「我去哪裡可以找到他？」

「他在銀座K大樓有一間事務所，我想你去那裡應該就能找到他；不過，他一向很忙，要不要先打電話聯絡一下？」

「不，我想出奇不意去拜訪他。」

7

銀座K大樓的入口處掛滿了各式各樣事務所的招牌，其中也有「野上法律事務所」的招牌。

左文字夫妻搭上了往樓上的小電梯。

「終於要和敵人的領導者打照面了呢！」史子臉頰通紅地說著。

「很可愛哦。」

「你說什麼？」

「妳一興奮，眼睛就閃閃發光，非常可愛哦。」

好像是為了驅散緊張感，左文字故意用開玩笑的口吻說著。

兩人抵達了位在八樓的事務所。

「比起我們的事務所，他的事務所是漂亮多了。」

左文字一邊這樣說著，一邊打開門走進去。

櫃檯裡坐著一個年輕貌美的女人，向左文字和史子微笑著。

「我們想跟野上先生見面。」左文字一邊看著裡面，一邊跟櫃檯小姐這樣說。

事務所裡面有三名年輕的律師正努力工作著，有人對著電話大聲講話，也有人與來客交談，使得事務所充滿了活力。

「有預約嗎？」櫃檯小姐問。

「沒有，我是特地從紐約趕來的，很想跟他見面。」

左文字以英語說道。像這種場合，他那藍眼睛的外表就能發揮很大的作用；也因此，一遇到問題，他就用講英文的方式來應付，不可思議的是，這一招在日本相當管用。

果然如他所料，櫃檯小姐一臉迷惑地消失在房間裡面之後，不久便回來向他倆說：「請到最裡面的房間。」

左文字和史子打開裡面的房門，走了進去。

寬廣的房間裡擺了一張大桌子，有個四十五、六歲，身材瘦小的男子正憑桌而坐。

左文字進入房間的那一瞬間，頓時想起了美國充滿行政官僚氣息的事務所。

他覺得憑桌而坐的那個男子，跟這個房間很搭調。

「我是野上知也。」

那個男子自我介紹完之後，從椅子上站起身，向左文字伸出手。

左文字跟他輕輕握了一下手之後，開口說道：「很有活力的事務所呢！」

「因為年輕人都很努力在工作，所以我只好無所事事地坐在這裡發呆囉。」野上面帶微笑地說罷，接著又繼續問說：「聽說您是美國人，這位是尊夫人嗎？」

「是的。」

「也是他的祕書。」史子插嘴說。

「真教人羨慕。您是為了何事前來造訪呢？」

「我在紐約是從事英才教育的研究工作，因此我想藉這次來日本的機會，調查一下日本的英才教育。前幾天，我曾去拜訪文京區的日本英才教育中心。」

「原來如此。」

「因此，我得知日本的U大學，有收容ＩＱ一四〇以上的人施以特別教育。聽說野上先生也是那個特別班的畢業生，這是真的嗎？」

「是的，不過我長大後，卻成為了典型的凡人，所以我對您的英才教育研究，一點作用也沒有。」

野上的聲音很穩重，嘴角綻出微笑。

史子想起在錄音帶中聽到的犯人聲音——跟眼前這個男子的嗓音比起來，一點也不像。

「我的研究主題之一是天才的挫折。」左文字看著野上的臉說。

「哦，好像挺有趣的樣子。」

「由於天才比常人更相信自己，因此縱使遭遇小挫折，也是非常大的打擊；所以我在想，他們會不會因此而向社會或他人進行攻擊呢？」

「這是你的結論嗎？」

「可以說是一點小心得吧。他們會產生一種報仇心，組織起一套只能適用於他們自己的理論，好比說為了達到目的，任何手段都可以被允許，而為何可以允許，那是因為他們是天才的緣故，諸如此類的推論。上面提到的『任何手段』，當然也包括了殺人在內。」

「在美國，也有這種事例嗎？」

「莎朗・蒂事件[21]就是典型的例子。我是想知道日本有沒有那種例子，才前往英才教育中心進行調查。我的首要任務，就是從U大特別班的畢業生中，找出曾經遭遇挫折的人。」

「應該有找到吧？」

「正是。我一共找到了三個男女的名字，這三個人分別是曾經殺人的牧野英公、曾拿人體做實驗而被撤職的串田順一郎，以及曾進入精神病院就醫的雙葉卓江。野上先生，聽說您認識這三個人，所以我今天才特地來拜訪您的。」

「你是聽誰說的？」

「是英才教育中心的柳沼理事告訴我的。」

「實在很傷腦筋呀！」野上苦笑著說道。

「為什麼呢？難道您不認識這三個人嗎？」

「不，不是不認識，畢竟牧野英公殺人時，我是他的辯護律師，所以我記得他；可是，有關他的近況，我卻一點都不知道。」

「串田醫師呢？」

「我知道他在城北醫院出了差錯，所以才前往K島，不過我所知道的也僅止於此而已。由於他沒有被起訴，所以用不著律師出面替他辯護。」

「那雙葉卓江呢？」

「我跟她不是很熟。怎樣，我認識這三個人，難道有什麼不行的嗎？」

雖然野上說話的時候臉上帶著笑容，可是，左文字能夠清楚感覺得出對方其實是在反擊。這個男子打從一開始，就不相信左文字真的是在美國從事英才教育的研究工作。

左文字瞬間感到有點迷惘。是要把自己的想法全都講出來，看對方有何反應好呢，還是繼續裝作不知情好呢？經過再三

註21：西元一九六九年發生於美國加州的殘忍謀殺案。一群自稱「曼森家族」的狂信者，在其領袖查爾斯・曼森的指示下，闖進猶太裔名導演羅曼・波蘭斯基的家中，殘殺了波蘭斯基懷孕八個月的妻子莎朗及其他四人。

考慮的結果，他決定採取前者。

畢竟，對方是在日本接受英才教育的人。

與其演戲被看出破綻，倒不如單刀直入，或許會讓對方感到狼狽也說不定。

「你看過今天的晚報了嗎？」

「當然看過了。」

野上微笑著說道，那是終於切入主題的笑容。看樣子，要讓對方折服，只怕沒有那麼容易。

（你在想什麼我都知道。）

野上的眼睛裡閃爍的，就是這樣的眼神。

可是，這也是讓對方中計的大好時機，左文字心想；畢竟，對方對自己的才能太過於自信了。

「那麼，你應該已經知道奇妙的綁架案件了吧？」

「您就別拐彎抹角了，我想美國人談話都很坦誠吧！」野上以諷刺的口吻說著。

「那麼，我就以美國的方式來交談好了；有關那起案件的犯人『藍獅』，我懷疑我剛剛提到的那三個人，會不會就是其中之一？換句話說，他們是根據自己的理論，向社會展開報復行動。」

「這是很有趣的想法。」

「你認為很有趣嗎？」

「我是這樣認為的。你已經確認那三人是犯人了嗎？」

「那三個人是其中之一。」

「其中之一？」

「那三個人或許是ＩＱ一四〇以上的天才，可是，由經歷來看，他們的情緒明顯地相當不穩定。或許他們可以想出很棒的點子，可是，我不認為他們可以協同作業。因此，他們只是擔任執行的任務，一定有一個領導者在統率他們；也正因如此，我才說他們只是『其中之一』。」

「你不會認為我是那個領導者吧？」

「為了滿足你對美國式交談的期望，我老實告訴你——我的確認為，你就是他們的領導者。」

8

話聲一落，左文字注視著對方有何反應。會是強顏歡笑呢？還是惱羞成怒？這兩者都是作賊心虛的反應。

然而，野上既不笑，也沒有生氣，而是以嚴肅的表情看著左文字。

「你可以告訴我，你是從何得出我是領導者的結論嗎？」

簡直就像是在做學問時的質問一樣。由於野上的這種反應大出意料之外，因此稍微感到有點狼狽的反而變成了左文字。

「這三個人的年齡各自不同，從U大學畢業的時期當然也不一樣。特別是牧野英公，他在監獄裡待了八年，不可能認識其他兩人，並計畫案件。因此，需要有連結這三人的鎖鏈；換句話說，這名關鍵人物必定是這三人都認識的人，同時也是很冷靜、有計畫性的人。因此，我找到了你。你是牧野英公的辯護律師，這點你剛剛已承認了，除此之外，串田醫生被城北醫院撤職時，也是你暗中替他斡旋的對吧？而且雙葉卓江從精神病院出院時，負責作保的也是你。如此以來，你就成為了鎖鏈，將這三人連結起來。」

「真是傷腦筋呀！真是傷腦筋呀！」

野上知也突然笑出聲來。他的笑聲中沒有虛張聲勢的感覺，倒像是覺得左文字的推理很有意思的樣子。左文字也笑著說：「傷腦筋嗎？」

「是傷腦筋呀！以你這種推理，在法庭上絕對沒有勝算。看樣子，對於這次案件，你好像在協助警方的樣子；那麼，報紙所刊載的錄音帶，你應該有聽過吧？」

「聽過了？」

「裡面有我的聲音嗎？」

「沒有。」史子小聲向左文字說道。

野上好像聽覺很敏銳，立刻以教導的口吻說：「那麼，你要對那三個人怎麼樣？儘管那三個人下落不明，不過，他們在U大學的同窗應該有好幾個，請你拿著錄音帶去給他們聽；如果你不這麼做，那你說的話就全無說服力。」

這時，剛才那個櫃檯小姐忽然敲門進來，在野上的耳邊不知嘀咕了什麼。

「由於突然有急事，所以我就先告退了。」野上站起身，向他倆微笑著說：「希望以後還有機會見面，跟你談話是一件很快樂的事情。」

「我也是那麼希望的。」

左文字也笑著應道，同時催促史子離開「野上法律事務所」。

不知不覺中，外面已下起了小雨，被街燈照亮的柏油路面，因雨水而顯得濡溼。雖然和平時一樣，馬路上車輛川流不息、人行道上人來人往，只是他們的步伐，看起來似乎跟平常有所不同。會是因為下雨的緣故嗎？抑或是因為整個日本都陷入綁架案件的關係？

「要不要稍微走一下？」左文字說。

可能是春雨吧？儘管被淋溼，還是覺得有點溫暖。

「好啊！」

史子答應後，和身材高大的左文字併肩在小雨中的人行道上漫步著。

「看樣子，你的思慮好像有點不夠周延。」史子說道。

「嗯。」

「如此一來，你不再認為那個野上律師是犯人了嗎？」

「不知道。雖然只是一次嘗試性的會面，但我確實認為他就是藍獅的領導者，只是我還不敢太篤定罷了。他在整段談話的過程中都表現得異常冷靜，大概是很有自信的緣故吧，但正因如此，反而讓人感覺帶著頗不自然的味道。特別是談論牧野英公、串田順一郎和雙葉卓江時，他的態度未免也太冷靜了。這三個人都是他的學弟妹，特別是牧野英公，更是他卯足全力為之辯護的對象；這三個人被我們認定是綁架犯，身為學長的他感到不安、為這三個人擔心，不是很自然嗎？可是，他卻處之淡然，一點也不感到狼狽與不安，一副事不關己的態度，這就顯得太不自然了。」

「經你這麼一說，的確是問題重重。接下來要做的，就是把他們的狐狸尾巴揪出來了吧！」

「問題就是出在狐狸尾巴。如果說目前藍獅只留下一條狐狸尾巴，妳想是什麼？」

「聲音。」

「對，是聲音。就算是普通的綁架案件，透過電台和電視台把犯人的聲音播放出去，尋求市民協助的例子相當多，更何況這次錄音帶的聲音，不管男女都顯得有點高亢，是很明顯的特徵，可是，野上卻要我們拿錄音帶的聲音去比對那三個人的聲音。雖然那三個人目前下落不明，不過他們應該有朋友，因此讓朋友聽錄音帶的聲音，大概就能夠得到證實。既然如此，那野上何以那麼篤定，一副自信滿滿的樣子呢？」

「我想到兩個理由。」史子一面淋著雨走路，一面說道：「一是即使我們能夠得到聲音很相似的證言，但這種證言對我們沒有任何幫助，因為我們還是無法逮捕他們；二是電話全都是叫別人打的。」

「後者我不同意，畢竟人一多，危險也就隨著增加，腦筋非常聰明的他們，應該知道這層道理才對。」

「那麼就是前者囉！藍獅一定是自信縱使得到聲音很相似的證言，也找不到他們的下落。」

「也許吧。總之，我覺得野上的自信未免也太強烈了。」

「那麼，就讓我拿錄音帶去給那三個人的朋友聽，女人應該比較容易獲得對方的幫忙與協助吧！」

史子像是下定決心似地這麼說完，在小雨中綻出可愛的笑容。

第七章　購買安全

1

比警方更關心綁架案件報導的，應該算是M銀行江東分行了。

因為問題所在的三神德太郎普通存款戶頭，就在這家分行。

07292 8帳號目前的存款，已經高達七十六萬五千兩百圓。

在報紙和週刊大肆報導的情況下，匯款會不會從全國各地匯進這個帳號呢？關於這個問題，銀行內也出現了兩種迴異的聲音。

報紙只是一味地報導這起案件，會不會造成負面的影響呢？不只是報紙，各週刊也都在大幅報導，特別是歌星石崎由紀子和電視演員加地邦也兩人死於三星事故，更刺激著藝能週刊和女性週刊爭相報導這次事件。

某名製片廠的社長就這麼說：「本製片廠有一百三十名演員和八十三名職員，為了他們的生命安全，我打算立刻購買徽章。如果以五千圓就能購買安全的話，那是很便宜的，因為本製片廠裡有一天可以淨賺一、兩百萬圓的歌星，既然如此，那為什麼不接受藍獅的條件呢？確實，壞人就是壞人，而且因為他們綁架的人數是一億人，所以在這個龐大的人數下，縱使不付贖金，也不見得就會遭毒手；不過，話說回來，我很清楚，一旦遭遇險境，警方也無能為力，因為他們對於荒誕不經的事件，根本就無計可施。」

在記者追問下，就連酒吧老闆娘和澡堂老闆也都說，為了員工安全，決定花五千圓買徽章。事實上，與其說他們是為了購買從業人員和職員的安全而買徽章，倒不如說更像是為了保護高價商品的安全而買。

那麼，大家會如何看待這種馬路消息呢？有趣的是，年輕的行員認為匯款會如雪片般飛來，而年長的行員則持相反的看法。

可是，從那則新聞見報第二天起，匯款便有如狂風暴雨般開始匯進三神德太郎的戶頭當中。

上午八十二件，一百九十六萬圓。

下午三百零六件，七百二十萬圓。

此外，詢問三神德太郎家地址的電話也蜂擁而至，這些人大概是想把匯票直接寄給三神德太郎，向他購買徽章吧！

銀行為了和三神德太郎聯絡，可說是忙得昏頭轉向，因為必須向他報告有誰匯來多少錢才行；開始他們一一以電話報告，結果使得電話一整天占線，迫不得已，只好把匯款人的姓名和地址製成一覽表，交給三神德太郎。

第二天，更多的金額匯進三神德太郎的戶頭裡。

似乎是因為報紙和電視詳細報導前一天的匯款金額，結果更加快了匯款增加的速度。

上午七百九十六件，一千六百零五萬圓。

下午一千三百二十五件，三千兩百四十九萬圓。
直接寄給三神德太郎的現金掛號數目如下：
上午兩百零五封，三百九十萬圓。
下午四百六十二封，一千一百二十四萬圓。
鈔票果真如雪片般，飛進三神德太郎的戶頭裡。

2

報紙報導這起事件的第二天，矢部警部匆匆忙忙地從福岡搭飛機返回翁京。因為他在福岡毫無所獲，不僅找不到被認為是炸彈客的那個女人，而且查遍九州全境，也找不到犯人購買或偷竊雷管的證據。當然，此事有繼續調查的必要，所以他把兩名部下留下來，隻身一人返回東京；當他在羽田機場下機時，臉色超級難看。

毫無所獲，再加上無法預料犯人的行動，讓他暗自生氣，氣自己的無能。

犯人把所有的事情全都公布出來，這實在是遠遠超乎他的意料之外。

在一般的綁架案件裡，犯人通常只會跟肉票家屬聯絡，絕對不敢大肆張揚；因為害怕警方會介入，也為了不讓警察插手，所以他們通常都會威脅肉票家屬不得報警，否則就殺害人質。

沒想到這次綁架案竟截然不同，因為犯人把整起案件全都公諸於世，這實在是很罕見的案例。

這也難怪矢部在遭到嚴重打擊後，心底會冒起一股無名火。

一回到搜查本部，前來迎接的屬下們也是一副無精打采的頹喪表情。

「本部長剛剛被叫去首相公邸了。」近視眼的井上刑警，眨著鏡片後面的眼睛說道。

「被叫去公邸？」

「是的。聽說首相非常生氣，因為犯人把所有的錄音帶都寄給了報社，也因此，首相想以零用金收買對方的計謀失敗一事，也跟著公諸於世；這在我們看來並沒有什麼，可是對首相來說，卻是奇恥大辱。」

「新聞中提到的那個三神德太郎調查過了嗎？」

向來很溫和的矢部大吼出聲，讓搜查本部的所有刑警全都嚇了一大跳。

「調查過了。」

「結果呢？」

「是對極為平凡的家庭工廠老闆夫婦，丈夫德太郎六十五歲，太太文代五十八歲，谷木刑警和棚橋刑警已經去拜訪他們了。」

「這對夫婦目前真的在販賣徽章嗎？」

「是的，他們已經陸陸續續在把徽章寄給匯款人了，這就是那種徽章。」

井上刑警從口袋裡面掏出一枚直徑約八公分，質地很厚的圓形徽章放在矢部面前。

在徽章的中間，刻有「和平・安全」的字樣。

「這也是庫存品嗎？」

「是的。據說庫存品有五萬枚，現在正請人大量生產中。」

「可是，為什麼會有五萬枚庫存品呢？」

「這是三神德太郎的說辭：為了祈求交通安全以及和平的生活，他在三個月前製作了這批徽章。因為徽章上有塗夜光漆，所以一到晚上，文字就會發出亮光，如果把它掛在胸前、或貼在車子上，可以防止交通事故，所以才製作了五萬枚，沒想到連一枚也賣不出去。畢竟製造的三神老人並沒有把徽章設計得很時髦，而現代是形式比內容更好賣的時代嘛！」

「這也是三神德太郎說的嗎？」

「不是，是我的意見。」

「你的意見很好。那麼，三神德太郎跟犯人的關係呢？」

「不知道，不過我不認為那樣善良的老夫婦會跟綁架犯有關係。」

「可是，應該是有某種關係，才會指定他吧？這個老人知不知道這起事件？」

「他說他當然知道，也因此曾經請教過認識的律師；律師說這屬於純商業交易，縱使一枚賣五千圓也沒有關係。我也問過別的律師，那個律師說如果付錢的人沒有在事實上遭到三神德太郎脅迫的話，那這就只是一般的商業行為，通信販賣也是。」

「好歹去跟那對老夫婦見個面再說吧。」

矢部不做休息，立刻又站起來。

當他來到向島的三神製作所附近時，發現道路兩旁已經停滿了報社的車子。

當他接近其中一輛時，認識的記者向他出聲打招呼說：「矢部先生。」

那名記者的西裝胸前口袋上別了一枚徽章。那枚徽章看在矢部的眼裡，好像是在諷刺矢部的無能，所以讓矢部感到大為光火。

「那枚徽章是你購買的嗎？」

「沒錯，因為我很珍惜生命。」

「很適合你，因為它很像小孩子會掛的徽章。」

矢部丟下極盡諷刺的這句話後，朝著工廠的方向走過去。

雖然這一帶的家庭式工廠很多，可是由於最近經濟不景氣的關係，幾乎聽不到什麼機器運作的聲音，只有三神德太郎的工廠，可以聽到忙碌的機器聲和眾多的講話聲。

矢部在谷木和棚橋兩位刑警的迎接下，在住宅跟三神夫婦見了面。

就如井上刑警所說的，這兩個人的身材都很矮小，一眼就可以看出是江戶老街典型的小工廠經營者。

三神德太郎是個氣色紅潤的禿頭老人，說話時有用右手摸自己光禿頭頂的習慣，看起來是個老實人，同時也是個很頑固的老人。

他老婆文代非常客氣，端出茶和點心招待矢部；談話時，除非矢部主動問她，否則她不會開口說話。

「你們好像很忙碌的樣子。」矢部首先這麼說。

記者從窗外往裡頭不住窺探，並且發出按快門的喀嚓聲。由於有記者把鋁門窗打開，把麥克風伸進來，所以谷木刑警把鋁門窗上了鎖，放下窗簾。

「託福。」三神又用右手摸著禿頭說。「老實說，我也不知道這究竟是怎麼一回事，反正有人胡亂送錢來，我就拜託附近的人和學生前來幫個忙，拚命把徽章寄給匯款來的人；五萬枚庫存品一下就被搶購一空，現在正在增產中哪！」

「為什麼會突然暢銷，你知道理由吧？」

「我當然知道。因為被捲入可怕的案件裡面，讓我心裡有點毛毛的。不過，做生意嘛，暢銷總比賣不出去的好；我既沒有威脅他們前來購買，又跟律師討論過，律師說沒有關係，所以我才大賣特賣，難道不行嗎？」

「不，我們無法禁止你販賣徽章。」

「那就好，既然警察這麼說，我也就安心了。」

「你對藍獅有沒有任何線索？」

「完全沒有，我只知道製造徽章。」

三神德太郎張開嘴巴「哈哈」大笑，一副有錢就是大爺的姿態。矢部邊在內心苦笑邊說：

「可是，是他們指示要向你購買徽章的啊！為什麼他們會知道你在製作徽章呢？三個月前製作的徽章，連一枚也沒有賣出去吧？」
「是的，連一枚也沒有賣出去。不過，那時某週刊曾報導我製作徽章的事情，會不會是叫藍什麼的人，看到那篇報導呢？」
「你有那期週刊嗎？」
「有。」
三神向文代使了一下眼色後，文代從櫥櫃裡拿出一本週刊。
那是某大出版社出版的《城市週刊》，一打開封面，一個名為「街頭巷尾雜談」的專欄映入眼中。
「奇怪的強盜」
「五百萬圓的催生物」……
在這些報導中，有一篇以「發光的徽章」為題，介紹這家家庭工廠以及徽章的報導。
「家庭工廠的老夫婦為了祈求交通安全和世界的和平，製作發光的徽章；就購買一枚佩戴在胸前或車上吧，不知各位意下如何？」
果然不是在說謊。
矢部把那期週刊交給谷木刑警，谷木立刻飛奔出去。
雖然藍獅有可能看到這則報導，問題是，他們何以要指定以贖金購買這種徽章呢？
「你有沒有孩子？」

「有一個兒子，不過，在兩年前突然離家出走了。」

矢部悄悄望了一眼架上的照片，在那裡擺著一張年約二十歲的青年照片。

「呃，令郎幾歲了？」

「那時二十二歲，現在是二十四歲。」

「那，你是很晚才生下這個兒子了？」

「是的。說實話，我有時候在想，是不是該乾脆死心，當做沒這個兒子算了？我一直到年紀一把才結婚，然後才生下這個兒子；雖然老來得子是件很高興的事情，但是他如今離家出走、音訊全無，讓兩老傷心不已，因此，或許不要生下他還比較好……」

「令郎離家之後，都沒有跟你們聯絡嗎？」

「完全沒有。」

「這是令郎吧？」

矢部站起身，伸手拿起鑲有相框的相片。眼睛和鼻子很像父親，是個很平凡的青年。

「令郎叫什麼名字？」

「一男。第一個兒子通常都是取這種名字。遺憾的是，以後我就再也生不出孩子了。」

（這個三神一男會是藍獅的一員嗎？）

矢部用這樣的眼神注視著照片，可是不管怎麼看，照片中的人都不像是會製造出這起案件的男人。不過，矢部也知道人不可貌相、海水不可斗量的道理。

「令郎是哪一所學校畢業的？」

「這附近的都立高中。畢業後曾在家裡這間工廠幫忙、也在超商打過工，可是都做不久。」

「是因為沒有耐性嗎？」

「是的。之後，他說想開咖啡店；如果工廠業績很好的話，我是可以提供他資金，可是相當遺憾的是，工廠的業績一直沒有什麼起色，所以自然也沒辦法提供他開店的資金。或許他是因此感到很不滿，所以才突然消失蹤影了吧！」

「有沒有報警請求協尋？」

「當然有報警，可是仍舊音訊杳然。我們完全不知道他現在在哪裡，又在做些什麼事情？」

「聽說你這陣子曾經出門旅行，有沒有這回事？」

「有的。我剛去水上溫泉旅行一個禮拜，這是為了慰勞太太，因為她太辛苦了。」

「投宿在哪家旅館？」

「這個嘛……」三神從和服的袖子裡，拿出旅館的手冊交給矢部。

「剛才我正在寫感謝函，感謝他們的親切服務呢！」

「是鳴海旅館嗎？」

「說是旅館，其實是間日式旅社。」

「這份手冊和令郎的照片可以借給我嗎？」

「可以呀！不然被刑警找碴，那麻煩可就大了。」

「找碴？」

矢部苦笑著把那兩樣東西交給棚橋刑警後，在三神德太郎的帶領下前去參觀工廠。

就如老人所說的，工廠裡充滿了活力。

工廠的空間一半用來製造徽章，另一半則在地板鋪上草蓆，擺上桌子，進行徽章寄發作業。

在裡面工作的男女工讀生和家庭主婦約有三十人，他們把掛號信和銀行送過來的名簿上的地址和姓名一一抄寫在信封上，放進徽章、貼上郵票，達到一定的數量，就拿去郵局寄送。

報社和週刊的攝影記者啪嚓啪嚓地拍攝照片，其中也有人用16厘米攝影機在拍攝畫面，大概是電視台的攝影記者吧！

「一枚徽章的成本大概多少？」矢部一面看著寄發作業，一面向三神問道。

「這要看製作的數量而定，通常是兩、三百圓。」

「那麼，一枚賣五千圓，你不是賺翻了嗎？」

「是啊。這個社會實在有趣，一枚賣七百圓時，連半枚也賣不出去，雖然說其中有一部分要捐作福利事業，可就是沒有人買。現在想來，實在不好受哪！」

（這麼說來，藍獅的要求也是要把五千億圓的防衛費挪作社會福利──）

矢部想起藍獅的要求。

3

警方對三神德太郎夫婦進行了徹查。

老夫婦在水上溫泉的鳴海旅館投宿一個禮拜一事，一般可以打電話求證、或是拜託縣警調查就好，可是為了慎重起見，搜查本部還是派了兩名刑警前去調查。

調查的結果如下。

關於三神夫婦：

丈夫德太郎是地主家庭第二代，沒有兄弟，孩提時候是孩子王。

高等小學畢業後，繼承家裡的家庭工廠（當時是製造賽珞璐的工廠）。

中日戰爭時，前往中國戰線作戰，從二等兵晉升到上等兵。戰爭結束時，他以上等兵的軍階退役，退役之後開始經營製造鍋子的工廠。

三十五歲結婚，不過旋即離婚，三年後，與現任妻子文代結婚。

雖然很剛強，不過附近的人都說他是性情中人，心很軟，動不動就掉眼淚，幾乎沒有人對他有惡評。

沒有前科。

興趣是洗晨澡（雖然家裡有浴室，不過他和附近的人成立了晨澡會，前去泡澡堂）、下象棋和植樹。

妻子文代出生於淺草千束町的木屐店（如果以當地的話來說，丈夫德太郎是「河對岸的人」）。

有一個姊姊和一個妹妹，都已結婚，德太郎是她的第一任丈夫。

根據文代的姊妹和朋友說，她很溫和、很有忍耐力。

沒有什麼興趣，是典型的夫唱婦隨夫婦。

沒有前科。

兒子一男在三百二十名畢業生中，以兩百七十六名畢業於都立S高中。

個性孤獨，在班上好像少有朋友。少數幾個朋友之一的田口祐一（二十四歲，目前在向島從事青果業）這麼說：「這個嘛，總結一句話，他是個優柔寡斷型的人，給人陰鬱的感覺，沒有朋友和女朋友。我嗎？我跟他是從小玩到大的朋友，由於他是好人，所以我並不討厭他，只是可能是因為父母親溺愛的關係，讓他顯得很沒有耐心。他離家出走的原因？這個我也不知道呢！他曾經說過他很想開咖啡店。呃、這個……他離家出走後，都沒有跟我聯絡了。他跟這次事件的關係？那個傢伙不可能會做出那種事情啦，這點我可以保證！」

一男高中時代老師的證詞也和祐一類似，說他是給人陰鬱感覺的學生，人很好，不可能犯下這麼大的罪。

關於《城市週刊》：

三個月前的那篇報導是該週刊的記者A撰寫的，之後，沒有人寫信或打電話向他詢問那枚徽章的事情。目前《城市週刊》的發行數量是三十萬到四十萬冊之間，「街頭巷尾雜談」專欄擁有很多的讀者迷，那個A記者自己也被這次的事件嚇了一大跳。

前往水上溫泉的兩名刑警也結束搜查後，立刻返回搜查本部。

「結果怎樣？」

矢部這麼一問，年長的大橋刑警回答說：「三神夫婦真的在水上溫泉的鳴海旅館投宿了一個禮拜，時間從三月二十五日到三月三十一日；他們在三月三十一日早上離開旅館，返回東京。」

「他們在旅館裡的狀況是怎樣的？」

「我曾問過經理和女服務生，他們都說他倆看起來是感情很好的老夫婦。在他們投宿旅館的這一個禮拜間，沒有人前來造訪，也沒有人打電話過來，而他們也沒有打電話出去。他們的行動除了上、下午去河川散步外，就是喜歡泡溫泉，一天要去洗溫泉好幾次。由於旅館的人都這麼說，應該不會錯才對。」

「上、下午兩人都會外出嗎？」

「是的。聽說是向旅館借釣竿，前去河邊釣魚。」

「這也是旅館服務生親眼看到的嗎？」

「不，正確說是他們向旅館服務生這麼說之後，便離開旅館，但旅館人員卻完全沒有看到他們釣到魚回來過。」

「那麼，你是認為他們趁散步和釣魚之際，和別人見面嗎？」

「是有那種可能性。跟他倆見面的人會是藍獅的人員嗎？」

「肯定是。」

「可是，三神夫婦在水上溫泉的這段期間，藍獅的人好像都在其他地方從事各種活動啊？」

「確實如此，可是我不認為那對老夫婦會和藍獅一點關係都沒有。如果沒有關係，為什麼要把贖金寄給三神德太郎呢？」

「那麼，您認為離家出走的兒子三神一男，會是藍獅的一員嗎？」

「這當然也是一條線索，可是，認識三神一男的人都不認為他會犯下這麼重大的案件。」

結果，搜查本部分成兩派意見：

一派是認為三神夫婦或是離家出走的兒子一男，跟藍獅有某種程度的關係。

另一派則是認為兩者完全沒有關係，藍獅的人是經由三個月前出版的《城市週刊》，知道三神德太郎製作了五萬枚「和平‧安全」的徽章，於是利用它來收取贖金。

想知道三神德太郎的存款帳號，應該很簡單才對，只要打電話給三神德太郎，說「我要購買你的徽章，想把錢匯進銀行」，三神一定會非常高興，把銀行和帳號告訴對方吧。

難道說，犯人想讓贖金集中在三神德太郎的戶頭裡，等贖金收齊後，再向那對老夫婦行搶嗎？

4

矢部被搜查本部長——新宿的松崎署長叫了過去。

「渡邊祕書官剛剛打電話過來，首相依然很不爽。」

松崎的旋轉椅嘰嘰作響，這種刺耳的聲音彷彿在顯示著他的焦慮。

見矢部沉默不語，松崎又苦笑著說：「在今天的國會上，在野黨的議員胸口全都掛著那種徽章，跟首相擦身而過時，還用挖苦的語氣說著：『拜政府所賜，我們不得不佩戴這種徽章哪！』法務大臣好像也遭到了同樣的諷刺。」

「原來如此。」

「搜查的進展情況如何?三神德太郎跟藍獅有關係嗎？」

「雖然目前有兩種意見，不過我們一致認為若是三神德太郎的戶頭收齊贖金，他們就會出現。」

「那你是在等收齊贖金嗎？」

「是的。銀行和三神德太郎家，我都有派刑警在監視，一旦有什麼風吹草動，他們便會立刻向我報告。又，三神德太郎也不可能將存款轉移到瑞士或美國，因為按我國的規定，一次匯往外國銀行的金額只要超過五千圓，都是被禁止的。」

「可是，這要花時間啊！」

「是的。」

「你看看外面。」

本部長站起身，把矢部帶到窗邊。

「在那裡走路的那對母子，胸前都掛著那種徽章。」

「確實。」

「如讓這種情形繼續增加，那就是證明我們的無能，至少社會大眾都會這樣看待。」

「也許吧。」

「因此，我們不能等到三神德太郎的戶頭收齊贖金、犯人下手行搶才展開緝捕行動；更何況，他們究竟是什麼人，我們也只知道個隱隱約約的輪廓吧？」

松崎本部長凝視著窗外，向矢部問道。

又有一個身穿西裝、胸前配戴一枚那種徽章，像是上班族的男子走過窗前。

矢部又坐回椅子上。

「由錄音帶的聲音來看，至少有三個男的、一個女的。」

「領導者大概就是送給各報社的錄音帶中，在第一卷和最後一卷陳述自己想法的那個男子吧？」

「我也是這麼想的。雖然有一個男人在札幌、另一個女人在福岡犯案，不過，我想現在他們多半已經全部在東京會合了。」

「為什麼呢？」

「為了商討下次的作戰；這是我的第六感。」

「下次的作戰？」

「所有日本人會不會如他們所想的，付出五千圓贖金呢？如果是的話，他們會默默地注視著三神德太郎的戶頭存款額直線上昇；由於報紙競相報導每天匯進來的金額，所以他們應該可以馬上掌握住狀況。」

「那，要是沒有如他們所願地發展下去呢？」

「那他們就會決定進行『皇冠作戰』。」

「是不久前左文字所提及、進攻日本本土的作戰嗎？」

「是的。」

「那麼，你想他們的皇冠作戰，到底是什麼呢？」

「我想不外乎又是狙擊飛機，或是船隻、新幹線，以及任何會場。對他們來說，只要能威脅到一億兩千萬名人質的安全就可以，所以選擇任何場所作案都沒關係。不過就警方來說，並不是那麼難以防範。」

「機場、新幹線以及渡口都已加強警戒了吧？」

「比先前更為加強了。飛機這方面，只要在機場加強檢查，我想可以做到某種程度的防範；而大型客船，縱使引爆一顆炸彈，應該也不致於沉沒。」

「也就是說，問題果然還是出在新幹線嗎？」

「我也是這麼想的。要在剪票口一一檢查乘客的行李，那是不可能的事，因為那樣做的話，一定會引發大混亂的。為此，我們只好叫鐵路警察在列車上多加注意，一旦發現可疑的行李，就立刻加以檢查；如果他們有所行動，我想我們可以馬上採取應變措施，不過，還是有點危險性就是了。」

5

左文字從晚報抬起頭來。

不管哪一家晚報，都刊載著胸前配戴那種徽章的上班族、家庭主婦和小孩的照片。

「從北到南刮起徽章風！」

照片下面寫著這種標題。

「三神德太郎的現金存款戶頭已經突破兩億圓，這樣下去的話，一個禮拜以內大概就會突破十億圓吧！」報紙如此預測著。

三神製作所大量生產徽章的結果，便是三十個人已經無法應付寄送徽章的工作，所以先是增加到五十人、一百人，最後增加到兩百人，才使得寄發作業能夠順利進行。
史子一點精神也沒有，因為雖然找到牧野英公、串田順一郎和雙葉卓江三人的同班同學，也播放關鍵錄音帶給他們聽，但卻沒有一個人說聲音相似，而且他們也都不像在為了保護昔日的同班同學而說謊。
想藉由錄音帶的聲音證明那三人是犯人的這條路，已經宣告失敗了。
「以目前的狀況，藍獅會感到心滿意足嗎？」左文字一面注視著逐漸暗下來的窗外景色，一面說道。
「他們會不滿足嗎？畢竟目前已經收到兩億圓的贖金了啊！」
「可是，他們的要求金額是五千億圓呀！就算一天一億圓，也要五千天，也就是十三年，才能湊齊五千億圓，以天才自居的他們，會這樣就感到滿足嗎？」
「如果不滿足，為了威脅，他們又會爆破飛機或新幹線嗎？」
「如果他們只是單純的恐嚇者，大概會那麼做吧。」
「你這話是什麼意思？」
「雖然人會屈服於強烈的恐懼，不過恐懼過大，反而會轉變成憤怒。這和對待奴隸一樣，如果一面鞭打一面給糖吃，對方就會乖乖俯首聽命，然而要是一味鞭打，一定會遭致反抗；由天才所組成的他們，應該學過這種心理學才對，特別是那個野上律師。」
「那麼，他們想做什麼呢？」

「我正在想，以他們的立場來想。」

「是讓一億兩千萬人儘快拿出贖金的方法嗎？」

「是呀！」

左文字又在搖椅上坐下來，注視著愈來愈暗的外面景色。

霓虹燈開始閃爍起來，車尾的紅燈在黑夜裡顯得更加鮮明。

左文字想起這四個人的相貌。

是在卡片上看到的牧野英公、串田順一郎和雙葉卓江等三人的臉，還有在法律事務所見面的野上知也的臉。

現在他們在想什麼呢？

「把那個野上律師列為目標進行跟蹤，你看怎麼樣？或許可以知道下次他們的行動也說不定。」

「沒有用啦！領導者野上大概只是下指令而已，執行還是由那三個人去做；如果用電話下指令，那跟蹤就毫無作用了。」

「那，到底該怎麼辦才好呢？」

「我在想呀！一億兩千萬名人質，由於小孩子無法付贖金，那就以成年男子做為付贖金的人質來看好了，這大約有七千萬人，藍獅所要採取的方法，是威脅這七千萬人，好讓他們儘快付贖金的方法。」

「又爆破飛機和新幹線，反而會得到反效果吧。」

「那樣的確可以大量殺人，或許會讓人感到恐懼也說不定；不過，也有可能反而會激憤怒，一旦激起人心的憤怒和憎恨，以後就算再怎麼殺人，也都得不到效果。」

「那麼，他們又會在咖啡店的糖罐裡摻入氰酸鉀嗎？」

「自尊心比常人強上一倍的他們，大概不會再使用以前用過的手法；多半是他們的自尊心，不允許自己那樣做吧！」

「那麼，他們到底想做什麼呢？如果能知道的話，就可以擬定對策了……」

就在史子這麼說時，矢部警部沒敲門就走了進來。

「好累呀！」矢部說完，大大地歎了一口氣。

左文字笑著說：「你不是一向自詡為硬漢嗎？」

「傳播媒體和政治人物，已經在責問警方到底在幹什麼了。如果警察局就像這間事務所一樣設在三十六樓，那就太好了。」

「因為這裡聽不到地面的雜音嗎？」

「這也是原因之一，不過最大的原因是從這裡的窗子，看不到佩戴那種徽章的人。一小時前召開記者會，所有的記者胸前全都佩戴著那種徽章，真叫人受不了。」

「你想喝什麼？」史子問道。

「想喝雙倍的威士忌……不，請給我咖啡，是黑咖啡。」矢部說完之後，又這麼說著：「你們沒有佩戴徽章呀？」

「因為我們是站在警方一邊的嘛。」

左文字叼起一根香菸，也遞了另一根給矢部。

左文字點燃香菸後，開口問道：「找到犯人的線索了嗎？」

「很遺憾，什麼也沒有找到。雖然我們徹查了三神德太郎夫婦，可是，直到目前，也是什麼都沒查到。你這邊怎樣？」

「犯人的名字已經全部都知道了。」送咖啡過來的史子很自豪地說著。

（哦？）矢部露出驚訝的眼神，注視著史子和左文字。

「喂！這是真的嗎？」

「我是可以告訴你我們已經知道，可是你一定不會感到滿意，所以才沒有告訴你。」

「好歹把你們所知道的犯人名字告訴我吧。」

矢部把原本端在手上的咖啡杯放在旁邊，靠近左文字說著。

左文字把野上律師等四人的名字寫在紙上，交給矢部。

「這就是這次事件的犯人，領導者是律師野上知也。」

「嗯！」矢部半信半疑地眺望著這幾個第一次看到的名字。

「有證據可以證明這四個人真的是這次事件的犯人嗎？」

「不，什麼也沒有。」

「你說什麼？」
「你的耳朵是不是壞了？我說什麼也沒有呀！」
「那麼，聲音相似嗎？」
「不，已經把錄音帶拿給他們的朋友聽過，得到的答案是不相似。」
「你跟他們談過話嗎？」
「曾跟野上律師在銀座他的事務所裡見面談過話，其他三人全都不知道地址。」
「那不就等於什麼也不知道嗎？」矢部怒吼著。
「正因如此才沒有告訴你，因為告訴你的話，你一定會生氣。」
「你們認定這四人是犯人的證據到底是什麼？」
「我剛剛應該有說過，什麼證據也沒有。如果硬要我說的話，那就是我的第六感。」
「哎哎。」矢部把身體埋在沙發裡，輕輕地搖著頭。「你們民間人士可真輕鬆啊；要是在舉行記者會的時候做這種發表的話，不被K得滿頭包才怪哪！」
「那麼，你就辭掉警察的工作，改行當私家偵探好了？」左文字開玩笑地說完之後，又這麼說：「我現在是說真的，他們一定又會有所行動。雖然報紙發表三神德太郎的戶頭內已經有兩億圓的存款，可是，藍獅的人對這種金額應該不會感到滿意才對。」
「我們警方也是這麼想的，只是他們會有什麼行動呢？」
矢部又是一臉疲倦的表情。

第八章　皇冠作戰

1

四月六日，星期三，十三點〇〇分開往博多的「光9號」新幹線列車，從東京車站準時發車。

雖然先前由於票價調漲，使得乘客一時減少，不過現在又恢復了百分之七、八十的載客率。

自從知道三星客機事故是被藍獅爆破後，警方便懷疑下次狙擊的目標很有可能是新幹線，所以在各列車上都配置了兩名鐵路警察，檢查可疑的行李。

當然，這列「光9號」列車上也有兩名鐵路警察隨行，在列車通過小田原後，一節一節巡視著車廂。

只要行李架上一有不知物主的行李，鐵路警察便會立刻大聲尋找物主，車掌也從旁協助。

車內的廣播再三呼籲，發現自己四周有不知物主的行李，請立刻通知車掌。

也因此，所有的人員全都變得很神經質。

雖然如此，不過，由於這班列車是在十三點整開車，所以餐車立刻擠滿了人，也有很多乘客在自己的座位上吃便當，像這種情形，是多麼和平的景象呀！

列車很準時地在十五點〇一分抵達名古屋，停靠兩分鐘後，在十五點〇三分開車。

列車一離開名古屋，鐵路警察又再度從頭到尾檢查所有的車廂，因為犯人有可能放置炸彈後，在名古屋下車。

所有的車廂全都檢查完畢，並沒有發現物主不明的行李，也沒有在廁所、盥洗台發現定時炸彈。

「沒有異常。」兩名鐵路警察以放心的表情，向副列車長報告道。

2

東京車站新幹線月台北端，聳立著一棟六層樓的白色建築物。

那是舉世聞名的國鐵綜合指揮所。

這裡裝滿了ATC（列車自動控制裝置）、CTC（列車集中控制裝置）、COMTRAC（綜合運行管理指揮系統）[22]，ATS（列車自動停止裝置）等確保行車安全的系統設備。

這些設備的整體價值高達四十億圓，由將近兩百名職員進行操作。

縱使只是一小塊石頭掉在鐵軌上，列車也會自動停止行駛。

遇到天災地變，當然也會停下來。

若是發生炸彈爆炸，列車理所當然也會停止。

不過，實際上，新幹線尚未發生過定時炸彈爆炸。

綜合指揮所的職員，全都一臉緊張地注視著巨大的顯示盤。

東京到博多間的各車站，以及車站間的鐵軌，全都呈現在顯示盤上。顯示盤的前面有信號設備的控制盤，從這裡可以遙控所有車站的轉轍器和信號機。

綜合指揮所已經接到藍獅下次目標可能鎖定新幹線的警告。

也有新聞記者詢問，如果新幹線發生定時炸彈爆炸，將會怎樣？

對於這個問題，國鐵的常務理事做出如下的答覆：

「不管發生什麼事情，新幹線列車都會立刻停止，所以絕對安全。」

可是，在第一線工作的職員卻沒這麼樂觀。

如果發生爆炸，COMTRAC大概會讓列車自動停下來吧。

可是，列車會因爆炸發生什麼事情，就沒有人知道了。

會出軌翻覆呢？起火燃燒呢？隨著場所的不同，受害情況也不一樣。如果是在田園中行駛，可以立刻趕過去營救。

可是，如果是在隧道內，那可就慘了，而且向西延長的部分有很多隧道。

這時，有一具電話突然響起來。

註22：又稱「新幹線運行管理系統」，為車輛、軌道、線路，信號四合一的集中管控系統，也是新幹線運輸調度與鐵道安全的核心。

「這裡是綜合指揮所。」拿起聽筒的職員安部這麼應道。
「我們是藍獅。」
男子的聲音經由電話聽筒傳入安部的耳內。
就在那一瞬間，手握聽到的安部臉色瞬間變得煞白。
他的心臟劇烈跳動，為了讓自己鎮定下來，他故意這麼反問道：「你是什麼人？」
男子在電話那頭笑著，是有點尖銳的笑聲。
「藍獅呀！」
「藍獅？不會是冒牌貨吧？」
安部的講話聲很自然加大了分貝，在附近的職員全都大吃一驚地抬起頭來看著他。
「正是如假包換的藍獅。」
「有何貴幹？」
「目前『光9號』行駛到了哪裡？」
「光9號？」
安部抬起眼看著顯示盤。
「剛通過歧阜羽島。那班列車怎麼啦？」
「我們在那班列車上放置了炸彈。」
「炸彈！」

這一句話讓指揮所裡頓時鴉雀無聲，有一個人連忙打電話給正在行駛中的「光9號」。

「你不會在開玩笑吧？」

安部蒼白著臉，咬牙切齒地問道。就在那一瞬間，新幹線被炸到飛上天空的畫面，在上班十五年的國鐵人腦海裡浮現又消失。

「是真的。」

對方的聲音依然很冷靜。

「有何要求？想要什麼？」

「沒有任何要求。」

「你說什麼？」

「我是說，我們沒有任何要求。」

「若是這樣，何以要在列車上放置炸彈呢？」

「你不知道我們的事情嗎？」

「我知道，告訴我你們把炸彈放在哪個地方？」

「你別慌，你可以跟『光9號』取得聯絡嗎？不，你們應該已經取得聯絡了才對。」那個男子好像看穿般地說著。

「可以用無線電取得聯絡。」

「那就沒有問題，還有三十分鐘的時間。」

「告訴我炸彈放在哪裡？」

「好，仔細聽著，我們綁架所有的日本國民，要求一人付贖金五千圓。可是，有很多笨蛋吝惜五千圓，不肯付贖金。」

安部一面聽著對方說話，一面看著自己的胸前。他還沒有購買徽章。

「因此——」對方很冷靜地說。

「讓我們感到很遺憾的是，由於還有人不肯付贖金，所以我們不得不再殺害人質。因此，我們才在『光9號』放置炸彈，進行皇冠作戰。」

距離安部五公尺遠的同事中西，此刻正拚命跟「光9號」的副列車長取得聯繫。

「對方自稱是藍獅，我不認為是惡作劇電話。」

「鐵路警察和車掌正在分頭調查所有的車廂。」「光9號」的副列車長以尖銳的嗓音答道。

「還沒有找到嗎？」

「目前還沒有。要不要讓列車停下來，以便疏散旅客？」

「不，等一下，如果列車一停下來就發生爆炸，那該怎麼辦？」

「由於我們一定會照你們的要求去做，所以就請你把放置炸彈的地點告訴我吧！」安部拚命向對方哀求著。

「你付了贖金嗎？你胸前有佩戴可以證明已付贖金的徽章嗎？」對方以諷刺的口吻問著。

「不，我還沒有付，不過我會立刻付，並且把徽章戴在胸前。因此，請你告訴我，你們把炸彈放在『光9號』的哪個地方？」

「那我再從頭說起，你要仔細聽著；我已經把事實告訴警察和新聞記者，你知道嗎？」

「我知道。」

「由於有人不付贖金，所以我們不得不在『光9號』放置炸彈。可是，我們發現在乘客中，有胸前佩戴徽章的家族；我們有承諾，要確保付贖金者的生命安全，而我們也絕對會恪守這種承諾，因此，我們臨時決定中止爆破列車。國鐵應該感謝那些家族，不對嗎？」

「是應該感謝。那麼，炸彈放在哪裡？」

「15號車廂的垃圾桶裡面。」

「15號車廂？」

「我再告訴你一件事情：我們使用的是塑膠炸彈，因此可以做成任何形狀，尋找時要牢記這點。電氣雷管是使用精工的小型鬧鐘做為定時裝置，由於是電池時鐘，所以不會發出聲音，如果同時剪斷紅、藍電線，定時裝置就會失去功能。我這麼說明，再愚蠢的人應該也會處理才對，祝你們幸運。」

對方以鎮定的聲音這麼說完之後，便掛斷了電話。

在「光9號」列車上，兩名鐵路警察趕往15號車廂客廳外面的垃圾桶。
「這裡剛剛已經調查過了啊！」一名鐵路警察不解地搖著頭，同時打開垃圾桶的蓋子。
裡面的垃圾是空啤酒罐和空便當盒。
「聽說塑膠炸彈可以做成任何形狀。」
另一名鐵路警察一面這樣說著，一面把裡頭的垃圾一個也不留地拿出來。
這時，他的手突然停下來，臉色大變。
「是這個！」說完，他把拿在手上的空便當盒拿給同事看。
那是兩個重疊在一起的空盒，乍看之下像是用繩子隨便綁著，重量很重。
「大約還有二十分鐘才爆炸。」
鐵路警察的聲音有點發抖。
他們兩人雖然曾經逮捕過扒手，可是處理炸彈還是頭一遭。
只是，現在他們非處理不可。
首先，他們把空便當盒放在地板上。
副列車長一臉蒼白地在他們的背後注視著。
鐵路警察以發抖的手解開繩子。
他們發現在兩個空盒子間，被電線連結在一起。
「多半一個是塑膠炸彈，另一個是定時裝置。」其中一名警察說道。

連結兩個空盒子的兩根電線，被紅色與藍色的膠帶包起來。

「犯人說只要同時剪斷紅、藍電線，定時裝置就會失去作用了！」副列車長以尖銳的聲音說著。

「可是，萬一對方說謊，同時剪斷兩條電線後發生大爆炸，那該怎麼辦？」

有一個鐵路警察這樣怒吼著。這種時刻，任誰都會感到很焦急。

「不用剪斷，只要把列車停在鐵橋上，把炸彈丟進河裡，這樣做好不好？」

「由於已通過長良川，所以附近沒有大河了，更何況又不知何時會爆炸，如果不儘快處理……」副列車長著急的回答。

「那麼，只好聽天由命了。」另一名鐵路警察這麼說。

「如果犯人想讓炸彈爆炸，大概不會特地告訴我們吧。」

年長的鐵路警察接過副列車長遞給他的剪刀，挾住兩條電線。

就在那一瞬間，副列車長閉起眼睛。

一旦發生爆炸，自己大概會被當場炸飛吧！接著，以時速將近兩百公里行駛的這班列車，又將會怎樣呢？

剪刀剪斷東西的聲音響起。

沒有發生任何事情。

兩名鐵路警察一臉鐵青地大大吐著氣。

五十一歲的副列車長一時虛脫，當場跌坐在地。

「光9號」跟九百七十六名乘客因此得救了，可是，不知道是自己救的呢？或是藍獅救的呢？抑或是搭乘「光9號」的乘客中，戴有徽章的家族拯救的呢？

3

「光9號」一抵達京都站，正在待命的京都府警機動隊23隊員，從鐵路警察的手上接下炸彈後，立刻送往科研所。

經科研所調查的結果，果然如藍獅在電話中所言，是塑膠炸彈。

那是目前美國開發出來的C4炸藥，一旦發生爆炸，「光9號」的確會出軌翻覆，造成嚴重的死傷。

科研所立刻把這個事實，通知了東京的搜查本部。

接到報告的矢部心想，藍獅狙擊的目標果然是新幹線。

「幸好他們途中改變了心意。」矢部向松崎本部長報告。

「可是，我們能向佩戴徽章的家族頒發感謝狀嗎？據說把炸彈放進『光9號』的犯人，已經在名古屋下車了。」

「因此，我已經跟歧阜縣警聯絡，希望他們尋找『光9號』下車的乘客；只是能不能找到很難說，因為犯人有可能沒有離開剪票口，而是搭乘上行列車返回東京也說不定——」

「也有可能是搭乘下一班的『光』向西行也說不定。」

「是的。因此，不能對名古屋的調查寄予太大的厚望。」

「那麼，可以從被用來做為定時裝置的精工鬧鐘和塑膠炸彈查出犯人嗎？」

「難哪。」

「你怎麼這副有氣沒力的樣子？」

「那是因為迄今以來，整起事件一直都是藍獅搶先一步下手、由他們搶占主導地位，所以才一直無法弄清他們的輪廓，也因此才讓我感到很洩氣。」

「左文字所說的那四個人，你有何看法？我是認為很有趣。照他所言，這是一群遭遇挫折年輕人所犯下的罪行。」

「我一看到那四個人的名字時，也是覺得很有趣。雖然我不太相信，不過，我還是叫谷木刑警和青山刑警去調查了。」

「結果呢？」

「至今全無結果。也由於找不出任何證據，所以很讓人傷腦筋，好像連錄音帶的聲音都跟他們不一樣。」

…………

註23：相當於台灣的保警，負責反恐、鎮暴、維安等任務。

就在矢部苦著一張臉的時候，年輕刑警抱著一堆晚報走進來。

「晚報有報導今天的事件。」那名年輕刑警說道。

松崎本部長隨手拿起一份晚報打開來看。

在頭版出現這樣大大的標題：

解救新幹線的危機！

佩戴徽章的家族讓犯人停止計畫！

這斗大的鉛字和新幹線的照片，一起躍入松崎的眼簾裡。

「你在記者會上做了這樣的發表嗎？」松崎看著矢部問道。

「不，我還沒說。會不會是國鐵發表的？」矢部也一面看著新聞，一面向本部長說。

4

左文字以複雜的表情放下晚報。

「幹得好。雖然是敵人，不過著實令人佩服。」

說完，左文字含笑看著史子。

「這不會是警方發表的。」史子一面看著新聞一面說。

「是他們跟報社聯絡，報社再向國鐵求證，然後撰寫這則新聞的。」

「儘管如此，也是託佩戴徽章家族的福，藍獅才突然停止爆破列車；一旦讓塑膠炸彈爆炸，我想一定會造成數百人死亡的慘劇吧！」

「連妳也這麼想嗎？」左文字聳著肩膀說。

「不對嗎？」史子臉色一變。

「當然不對。乘客中有沒有佩戴徽章的人，我也不知道；或許有也說不定，或許沒有也說不定，不過，他們說因為有佩戴徽章的家族，才突然停止爆破列車，很明顯，那是他們在說謊。」

「為什麼你會那麼想？」

「由於人們付贖金的速度不如預期，所以藍獅感到很焦急。雖然報紙說能收到兩億圓已經很不得了了，可是，他們並不那麼認為；由於他們綁架的對象是一億兩千萬日本國民，因此要能收到一千億、兩千億圓才會感到心滿意足。因此，為了儘快收到這筆錢，他們於是開始想該如何威脅人質的方法，而他們採取的行動，就是進行皇冠作戰。」

「你曾說大量殺人，反而會招致人質的憤怒；可是只殺害一兩個人，威脅的效果又很有限……」

「正是如此，所以他們才想出了這樣一個漂亮的作戰——不，或許在最初發動奧林匹克作戰時，他們就已經想到這一招了也說不定，畢竟他們的領導者是那個名叫野上的冷靜男子。或許，他就連該如何把三神德太郎存款戶頭裡的錢弄到手的方法也都想到了，因此，他們才演出這場可以收到最大效果的戲。」

「演戲？」

「沒錯。他們大概打從一開始就無意要爆破新幹線，也因此才在列車上放置塑膠炸彈後，再告訴國鐵。停止爆破的理由是『乘客中有佩戴保障安全徽章的人』，這樣做會收到什麼效果，一眼就可以看出來；沒有戴徽章的人會感到心驚膽跳，而有付贖金的人則會感到心安，大家都會說，『幸好乘客中有人佩戴徽章』，對吧？」

「原來如此，他們的確是想出了很漂亮的方法。如此一來，購買徽章的人勢必會激增吧！」

「大概吧。」

「你感到很可歎嗎？」

「不，只是主導權目前完全掌握在對方的手裡。」

「你還是確信那四個人就是藍獅嗎？」

「正是如此。這種感覺非但沒有減弱，反而增強了。」

「可是，他們的朋友都說錄音帶的聲音跟他們不一樣啊！」

「關於這點我已經考慮過了。就像先前所說的，我不認為他們會叫別人代打電話，因為這樣會洩露他們的祕密；如此一來，打電話的就一定是他們本人，可是，聲音卻又不一樣。我在這裡稍微提一件題外話：我在美國時，有位哥倫比亞大學時代的朋友曾經參與過 Sea Life 計畫，當時我有去百慕達拜訪那位朋友。」

「所謂 Sea Life 計畫，是指在海底蓋房子，然後讓人類在屋內生活幾天的計畫對吧？」

「沒錯，進行實驗的地點是在百慕達水深三十公尺的地方。可是，把房子沉入海底之後，屋子如果無法承受四周的水壓，海水一侵入屋內，房子就會被水壓壓扁。因此，實驗便以混合空氣代替普通空氣；混合空氣的成分是百分之六十到七十的氦氣，其餘是氧氣，這兩種氣混合後，就能在屋內生活。雖然我不知道在海底生活何以需要這種混合氣體，不過，我的朋友的確靠這種混合氣體在海底生活了六天。在這當中，讓我這個外行人最感興趣的，便是『唐老鴨效應』。」

「唐老鴨，是指那個迪士尼的動畫主角吧？」

「正是。在氦氣中講話，聲音全都會變得有點尖銳，跟本人的聲音不一樣。我曾和海底的朋友通過電話，他在講話的時候，聲音真的變得跟唐老鴨一模一樣。據說在常壓狀況下也一樣，一透過氦氣，聲音就會扭曲變形，因此，美國學者便稱這為『唐老鴨效應』。」

「那麼，犯人在講電話時，是透過氦氣在講話嗎？」

「在小容器內注入氦氣，然後透過氦氣講電話，我不認為無法製作這種機械。何況雙葉卓江是主修化學的天才女子，如果能稀釋氦氣，應該可以減緩聲音扭曲，形成有點奇怪的尖銳嗓音。」

「能讓那種聲音復原嗎？」

「日本沒有辦法，不過，美國有讓聲音復原的機器。」

「那麼——」

「我已經把犯人的錄音帶寄給剛才提到的那位朋友，請他幫我把聲音復原後寄還給我了。」

5

匯進三神德太郎戶頭的錢急遽增加，而且是以倍數不斷增長。兩倍、三倍……

三神製作所日以繼夜地製作徽章，打工的人數目前已經突破一千人。

大街上到處都充滿了這種徽章。直到目前為止，由於佩戴徽章的人仍屬少數，所以走起路來總是彆彆扭扭的，可如今佩戴的人一增多，這些人的腰桿一下子也跟著挺直起來，走在路上都是一副抬頭挺胸的模樣，讓人感覺佩戴「和平・安全」徽章，似乎已成為一種流行風潮。

某大製衣廠大量訂購徽章，然後把徽章縫在衣服上出售。

有人一口氣購買了五、六枚，除了西裝胸前別了一枚外，車子、皮包也都貼了那種徽章。

有一個駐日的外國特派員發了一則題名為「被徽章占領的日本」的特稿回國；當他撰寫這則報導時，自己的胸前也別了一枚那種徽章。

這種現象不只發生在東京，北至北海道、南至九州，到處都可以見到「和平・安全」的徽章；要是再這樣任由它蔓延下去的話，大概連日本最南端的小笠原群島和沖繩，都可以看到這玩意的蹤影吧！

報紙當然是一邊大幅報導這則新聞，一邊把指責的矛頭指向警方，說再讓徽章繼續蔓延下去，市民將會對警方的無能產生不信任感。

當然啦，警方也不是袖手旁觀坐視徽章的蔓延。

在矢部警部的指揮下，四十七名刑警拚命地追查犯人；只是，雖然他們追查了塑膠炸彈、雷管、在札幌被使用的點三二口徑手槍，錄音帶等線索，可是就是查不出犯人。

「無法從這些線索查出犯人的原因，我只想到一個。」矢部向松崎本部長說道。「譬如說雷管，上次的三星客機爆破和這次的狙擊新幹線，至少用了兩個，特別是這次，由於獲得了完整的雷管，因此經過調查得知，確實是N火藥工廠所製作的。可是，火藥工廠並沒有失竊雷管，建築工地也沒有。」

「那麼，犯人究竟是從哪裡弄到手的呢？」

「海外。」

「海外？」

「正是。N火藥每年都有把雷管和炸藥輸往海外，因此犯人會不會並非在國內、而是在國外弄到雷管的呢？被稱為C４的塑膠炸彈大概也一樣。在國內，激進派從未使用塑膠炸彈，不過在東南亞和中東的內戰中則是頻繁使用。至於手槍，犯人並不是在國內向暴力集團購買，而是親自在夏威夷和關島購買，再偷偷帶回日本。」

「可是，他們是怎樣帶回日本的呢？」

「雖然手槍比較麻煩點，不過塑膠炸彈和雷管就容易多了。塑膠炸彈是白色黏土狀，可以做成洋娃娃的形狀，如果再塗上色彩，就不易引起海關的注意；又，雷管長約三・五公分，直徑〇・七五公分，由於很小，把它做成墜子掛在脖子上，就很容易過關，畢竟最近是年輕人習慣把空彈殼當飾物掛在胸前的時代呢。」

「可是，海外也未免範圍廣了點吧？」

「確實如此。不過，幸好N火藥只把雷管輸往泰國一國而已。」

「你打算派誰去調查？」

「原本我想親自去走一趟的，可是諸事纏身，因此能否改派井上君去？他曾經去過菲律賓，語言能力很強。」

「好吧。可是，你想可以找到犯人嗎？」

「不知道；不過，總比困在這裡、無計可施強多了。」

「說得也是。我們就透過國際刑警組織，請求泰國警方協助吧！」

6

左文字跟史子再度前往銀座的法律事務所拜訪野上知也。

透過計程車的車窗往外一看，路上的行人胸前幾乎都佩戴著那種徽章。

他們所搭乘的計程車，司機胸前也別著同樣的徽章。

「這是公司幫我們買的。」中年司機一面開車，一面向左文字夫婦說道：「聽說這本來就是祈求交通安全的徽章，所以很適合我們司機佩戴……咦，客人，你沒有戴呀！」

「那種設計我不喜歡。」

「不過，你搭乘這輛車保證很安全，因為不只在我的胸前，就連車上也貼有那種徽章。」

「那就太感謝你了。」

左文字忍不住和史子互望了一眼。

「他們的皇冠作戰，可以說是大大成功了哪！」史子挖苦地說著。

一抵達銀座，兩人馬上前往位在樓上的「野上法律事務所」跟野上見面。

「我們又來了。」左文字對野上說道。

「請。」野上一邊請他們坐下，一邊說著：「隨時歡迎你們來訪，特別是你，更是令我相當高興。」

野上好像很高興似地微笑著。

左文字忽然想起一句話；雖然他已記不得是誰說的，不過，他確實記得這句話。

「天才通常都是自己的讚賞者，無法忍受四周無人環繞簇擁的滋味。」

這個野上律師大概也是這樣吧？左文字在心裡暗自想著。

左文字很確信這個男子就是這次綁架案件的主謀者，這種確信應該不會錯才對。

野上大概很有把握，儘管警方一查再查，也絕對無法找到證據；可是，另一方面，他和其他三人一定也很衝動，想要炫耀自己這次的事跡。

因此，天才有他的優點，也有他的約點。

那八卷錄音帶和徽章，不正是強烈表現慾的具現嗎？

他們一方面不想讓人知道自己的罪行，但另一方面卻又想接受「幹得好」的讚賞。

因此，對於左文字和史子的來訪，野上是真的很高興，因為對野上來說，左文字夫婦就等於是來稱讚自己的讚賞者。

「我歡迎你們，你們不會認為不自然吧？」野上一面笑著說，一面注視著左文字和史子。

左文字也笑著應道：「不，我並不那麼想；事實上，我認為你一定會歡迎我們。」

「為什麼你會那麼確定？」

野上以饒富興味的眼神注視著左文字。左文字像是要讓對方感到焦急般，故意這麼說：「我可以抽根菸嗎？」然後點燃了香菸。

「確信的理由是什麼？」野上再次問著。

「因為案情有了新的進展。」

「這事我已經從報紙上知道了，可是，它和我歡迎你們有什麼關係呢？」

「這點不久前我也說過了，因為你是這起案件的犯人呀。」

「你是個很有趣的人。」

「身為天才的你，辭彙也未免太貧乏了吧；不久之前，你才說過同樣的話。」

「是嗎？」

雖然野上的臉上依然堆著笑容，可是左文字敏銳地注意到，方才野上聽到這句話的瞬間，曾經皺了一下眉頭。看樣子，對這個男子來說，縱使是極輕微的批評，也無法忍受吧！

「如果我是犯人，那何以我還會歡迎你們呢？如果我真是犯人，對你們不是應該敬而遠之嗎？」

「如果是一般的犯人，大概是這樣沒錯，可是，你和其他人都是接受英才教育、自認為天才的人，這種人不但對自己的罪行有著強烈自信，認為絕對沒有留下破綻，同時又很想讓自己的罪行得到他人的讚賞；基於這兩點理由，我才確信你一定會歡迎我們。」

「你這種推理不會太過於離譜嗎？」

「會嗎？」

「我也對這次事件很感興趣，不過並不是因為我是犯人，而是我個人感到興趣。我向來對這個社會上，充滿著各式各樣想法的人們很感興趣。」

「可是，你不是因為害怕被犯人殺害，所以才在胸前佩戴那種徽章吧？」左文字注視著別在野上西裝胸前的徽章說道。

野上用手指撫摸著那枚徽章，對左文字說：「我很愛惜生命，所以才戴上這枚徽章。」

「我可不是這樣看待的。」

「那你是持何種看法?是為了掩飾我是犯人,所以才佩戴這枚徽章嗎?」
「當然不是。」左文字大大搖著手說:「如果是一般的犯人,為了不讓別人懷疑自己,會自導自演裝得自己也是受害者,不過通常都演得不像,反而會露出破綻。而你就不一樣了,你充滿自信,根本沒有必要演那種戲,我想是因為那種徽章,對你而言是勝利的象徵,所以你才佩戴在胸前的。」
「你到底是私家偵探?還是心理學家?」野上笑著說。
「我在哥倫比亞大學學過犯罪心理學;當時最讓我感興趣的,是天才犯罪者的心理。」
「哦!那是很有趣的問題囉!」野上依然就著左文字的話題談論起來。果如左文字所料,野上對於談論這次事件感到很高興,因為談論這起案子,就等於是在讚賞自己。

7

左文字慢慢點燃第二根香菸。
史子趁著從手提包拿出手帕之際,打開暗藏在裡面的小型錄音機。
「這起案件很顯然,是身為天才的人所製造出來的。」左文字以冷靜的口氣說著。
野上將身軀深深埋在沙發裡,用手托著下顎,注視著左文字。
「為什麼你會那麼認為呢?不也有可能是腦筋秀斗的人因為生氣而犯下了這起案子,並且在偶然的機會下成功了嗎？」

「不，如果是普通的人，一般提到綁架，都是綁架有錢人家的孩子、或者是政治家，然後監禁在隱密的地方，再向肉票的家屬要求贖金；縱使有腦筋稍微聰明一點的人，以臨時起意的方式綁架小孩，再向肉票的家屬或學校要求贖金，可是把肉票監禁起來的模式依然不變，這就是綁架的固定觀念。會這麼做的是普通的犯罪者，可是，這次的綁架事件，跟上面所說的完全不一樣；突發奇想的是天才，他們不但綁架一億兩千萬名日本國民，而且只是宣布綁架，綁架就成立，這是天才的想法。」左文字誇獎說。

野上笑著說：「你這麼說，不覺得對犯人過譽了嗎？」

「怎麼會呢？請你到大街上看看，人人的胸前都別著那種徽章，也有年輕人在車上一口氣貼上兩、三枚。自從發生新幹線事件以後，只要戴著那種徽章開車，就能保障乘客的安全，所以不論國鐵、私鐵，或是計程車公司，全都大量購買那種徽章，發給職員佩戴。現在，佩戴那種徽章已經成為一種風潮，這可說是犯人的完全勝利。」

「經你這麼一說，也許是吧。」

「可是，讓警察——不，讓所有日本人感興趣的是，三神德太郎戶頭內的現金，正以激烈的速度在上升。」

「根據今天報紙的報導，好像已經竄升到三百六十二億圓了。」野上以事不關己的口吻說著。

左文字也在報紙上看到了同樣一則報導。那則報導說，自從發生新幹線事件後，三神戶頭內的金額便快速攀升，或許到四月中旬，就可以突破一千億圓。

「犯人隨時會來取走這筆贖金，屆時就是犯人遭到逮捕的時刻；警方好像是這樣想的。」左文字說。

野上拿出煙斗，一面把玩著，一面聽著左文字的話。

「你也未免扯得太遠了。」

「沒錯，我是扯遠了；不過，對犯人來說，這也是最困難的問題，你說是不是？」

「你問我也是白問，畢竟我又不是犯人。」

「那麼，就當你不是犯人好了，身為律師的，要怎樣才能把三神德太郎的錢弄到手呢？」

「這個嘛……」

野上好像在左思右想似地搔著頭。

假使野上是犯人的領導者──至少在左文字看起來，他所擺出的就是一副領導者的架勢，一定早已全盤計畫好，才會製造這起事件。

「如果是我，我也無能為力。」

「無能為力嗎？」

「犯人的確要求將五千億圓防衛經費挪作社會福利之用，三神德太郎也說要把收到的鉅額金錢移作福利事業，如果他這麼做的話，不就等於間接實現了犯人的目的嗎？如此一來，犯人只要遠遠旁觀就行了，我認為這次事件以這種方式收場，算是相當不錯的結局。」

「不對，絕對不對。」左文字斷然說道。

「為什麼你認為不對？」

「因為犯人根本就不關心福利問題。真正關心社會福利的人，理應不會在客機上放置塑膠炸彈，奪走將近兩百條人命。」

「不，這是為了獲得幾千億的鉅額金錢，以便嘉惠更多的人；為此，只好犧牲少數人的性命，難道你不這麼想嗎？」

「換句話說，這是只有天才才適用的理論吧？」

「他們的目標是五千億圓，如果把這筆錢用在福利事業上，就算一人一千萬，也有五萬人受惠，犧牲兩百人讓五萬人受惠，這不是很划算嗎？有什麼不好呢？由於向來對福利事業一毛不拔的日本國民非常多，所以犯人才會要他們一人付五千圓福利金。」

果然是天才的理論——左文字再度這麼確認。正確說，是完全沒有倫理感可言的理論。

「那是不對的。」

「為什麼不對？」

「如果他們真那麼想，那打一開始就不該用三神德太郎的名義，而是應該以全國福利事業團體的名義匯集贖金才對。既然他們膽敢用三神德太郎的名義匯集贖金，那就一定早已擬妥了把三神戶頭裡的錢弄到手的方法。」

「可是，他們要怎麼做呢？報紙有報導，三神德太郎或是M銀行都有警察在監視，不管怎麼做，不都只會落得被警方逮捕一途嗎？左文字先生，換作是你的話，你會怎麼做？」

這次野上好像在挑戰似地注視著左文字。

左文字苦笑著說：

「我是平凡人，無法預測天才犯人的做法。」

「你實在太過謙虛了。」

「我只是實話實說而已。不過，我只確信一件事情；我今天來，就是要把這件事情告訴你。」

「哦？什麼事？」

「你有興趣嗎？」

「有。我想知道在美國幹過職業私家偵探的人，對這次的事件有何評價？」

「我認為，到目前為止，整起案件一直照著犯人的計畫在進行，而警方被陸續發生的案件弄得團團轉，卻連犯人的輪廓都無法掌握，這也是事實。」

「身為警方協力者的你，說這種話好嗎？」野上笑著問道。

左文字搖著頭說：「應該沒有關係吧，畢竟這是事實，而聰明的犯人當然也會發現到警方的束手無策。就我來說，雖然確信包括你在內，犯人一共有四人，可是由於沒有證據，也無法展開緝捕行動，犯人多半也為這種狀況感到非常高興才對吧！」

「這樣一來，不是可以說犯人是完全成功了嗎？」

「沒錯。大街上充滿了那種徽章，不只是東京，日本全國都是，那是犯人完全勝利的標記，可是——」

左文字忽然把話打住，只是微笑不語。

「可是？」野上將臉探過來問道：「可是什麼呢？」

「犯人的計畫成功時，也就是他們滅亡的時候。」

「為什麼呢？何以成功會和滅亡連結在一起呢？」

「你很在意嗎？」

「與其說在意，倒不如說我很感興趣。」

「由於你很聰明，因此只要仔細一想，應該很容易就能明白才對。」左文字故意只說了這樣一句。

8

左文字和史子搭乘電梯下樓，坐上計程車。

「那是什麼意思？」

車子發動後，史子向左文字這麼問道。

「妳說什麼？」
「就是你最後向野上律師說的『犯人的計畫成功時，也就是他們滅亡的時候』呀。」
「啊！是那個呀！」
「這只是為了擾亂對方，應該沒有任何意義吧？」
「不、不對，我是這麼確信的！那種徽章如果滿街都是的話，犯人會以為那是自己成功的標記而感到很得意；但事實上，那是他們滅亡的標記。」
「為什麼呢？」
「妳只要想一想，就可以馬上知道。」
「如果我能知道的話，那ＩＱ一四〇以上的犯人不是更能立刻察覺到嗎？萬一他們察覺問題所在，並採取對策的話，那該怎麼辦？」
「那也沒有用。」
左文字微笑著說完之後，用一隻手摸著鼻子。這是他得意時的習慣動作。
「為什麼沒有用？」史子一臉不解地搔著頭。
左文字又用手摸著鼻子。
「第一，他們自恃聰明，反而會被聰明誤；目前他們一定正陶醉在自己的勝利中，完全不會注意到自己腳邊有這樣一個大陷阱，剛才野上跟我說話時的奇妙表情就是很好的例證。第二，當他們發現時，已經無法躲避，因為他們的滅亡，從開始擬訂這次計畫時就已經註定了。」

「就算你這麼說，我還是不懂。我們何以要等待他們滅亡呢？在他們收取贖金時，應該是警方逮捕他們的最好機會吧？」

「妳何以會那麼想呢？」

「擬訂綁架計畫，最主要的目的就是收取贖金，而綁架案件，最難的就是收取贖金——」

「我實在不懂，他們要以什麼方法把三神德太郎戶頭內的鉅款弄到手。」

「那麼，會是用搶的嗎？」

「應該不是，因為就算搶到手，也只是促成他們的滅亡而已呀。」

「那麼，他們會暫時不管嗎？」

「多半是吧，可是，這也只是加速他們的滅亡而已。」

「哦？那該怎麼辦？」

「很遺憾，時機還沒有到。時機一到，我不但會告訴妳，而且還需要妳的幫忙。」

這次左文字沒有摸鼻子，而是筆直看著前方。

第九章　新天地的夢想

1

四月十五日下午，在羽田機場有一名男子從日航班機下來，另一名男子搭乘泛美班機離去。從日航噴射客機上下來的是井上刑警。

矢部警部已經在國際線大廳等著他。

矢部拍著在泰國、菲律賓和香港轉了一圈回來的井上刑警的肩膀說：

「辛苦你了。我們就一邊喝茶，一邊聽你報告好了！」

就在矢部與井上刑警肩併肩朝著機場內的咖啡廳走過去時，有個中等身材的男子正在辦理出國手續。

那個男子向海關人員提出的護照姓名是三神一男，而且已經取得了巴西的永久居留權。

時值四月中旬的觀光熱季，由於機場擠滿出國旅遊的旅客，讓海關人員忙得疲倦不堪，也因此，他們幾乎是以機械式的動作在蓋著出國章。

海關人員特別留意的，是海外的激進派年輕成員；那些人的名單和照片就貼在牆壁上，至於其他不在名單上的旅客，他們則幾乎沒在注意。

這班泛美噴射客機的航線，是經由洛杉磯飛往里約熱內盧。

機上的日本乘客相當多，在三百零七名乘客當中幾乎占了一半，其中也有像是要去蜜月旅行的年輕情侶。

當他們所搭乘的噴射客機發出轟然聲響起飛時，井上刑警正在機場的咖啡廳裡，向矢部報告自己這次東南亞之行的收穫。

「有家日本建設公司正在曼谷進行拆除舊大樓、建設新大樓的工作。政變之後，他們又繼續從事相關的建設工作，而他們所使用的雷管，正是N火藥生產的雷管。」

「然後呢？」

「我曾跟擔任監工的日本人見面談過，據說在一個月之前，工地的雷管曾經失竊過。雖然他們懷疑是被當地人偷走的，可是因為怕跟當地人起摩擦，所以並沒有向當地的警方報案。」

「有沒有可能是被日本旅行者偷走的？」

「我認為很有可能是被這次事件的犯人偷走的。正如警部您所說的，只要加上鍊子，代替項鍊掛在脖子上，這樣的東西很容易就能帶出海關。」

「馬尼拉和香港怎樣？有沒有什麼收穫？」

「香港什麼事也沒有，不過，馬尼拉警方曾把回教游擊隊所使用的塑膠炸彈拿給我看。這是其中一部分，是我特地要來的。」

井上刑警從口袋裡，拿出用手帕包起來的一小塊白色事物。矢部摸了摸，觸感像黏土一樣，軟軟的。

「根據馬尼拉警方的分析，據說這和C４炸彈是一樣的；換言之，跟這次事件中使用的塑膠炸彈是相同的東西。」

「或許犯人是用了什麼方法和菲律賓的回教游擊隊接觸，從而弄到塑膠炸彈也說不定。」

「多半是用購買的吧。用錢買的話，游擊隊拿那些錢，可以買到更多的塑膠炸彈和武器。」

「如此一來，這次事件的犯人所使用的武器，全都是在國外籌措的囉！塑膠炸彈、手槍，雷管全都是，難怪在國內不管怎麼調查，都找不到證據。」

「那接下來該怎麼辦？」

「曼谷那邊發生雷管失竊，是在一個月以前嗎？」

「是的，一共被偷走了五支。由於是在三月十五日發現失竊，所以多半是在三月十四日被偷走的。」

「很好，他們多半也是在那時候把塑膠炸藥弄到手，然後在關島、夏威夷或美國本土弄到手槍的。雖然麻煩了點，不過，從三月十四日到發生這次事件為止，從東南亞和美國回來的乘客，全都要加以調查。」

「人數會很多啊！畢竟現在是海外旅遊的旺季，我所搭乘的日航班機，也是坐滿了從曼谷和馬尼拉回國的日本人……」

「那也沒辦法，全部都要加以調查。」矢部以斷然的口氣說著。

2

雖然矢部很想把搜查本部的四十七名刑警全部投入這項調查工作，可是事實上，他並無法這樣做。

因為三神夫婦和M銀行江東分行仍然需要繼續監視，而搜查本部也不能唱空城計。

結果，他派了二十名刑警前往羽田機場，向各航空公司索要這一個月從海外旅行回來的名單，然後一一加以調查。

另一方面，海外旅行者並不一定是從羽田機場歸國，比方說從東南亞歸國的旅客，有很多就是先抵達大阪機場。井上刑警所搭乘的日航客機，也是走曼谷―馬尼拉―大阪―羽田這條航線。

也因此，矢部請求大阪府警協助，要伊丹機場各航空公司將這一個月內返國的日本人做成名簿，送到搜查本部來。

首先送抵本部的，是羽田機場各航空公司的名簿。

人數比想像的還多。如果以美國和東南亞為限，光是從三月十四日以後回國的旅客，就多達兩千五百零六人。

其中就算扣除未成年人，也超過一千九百人。刑警們根據名簿上的住址，一一針對這些人進行調查。

可是，並沒有浮現出有嫌疑的人。

警方針對名簿中的男性，清查汽車修理工在札幌被射殺那天的不在場證明，至於女性則是著重調查全日空四一七班機被爆破那天的不在場證明，而「光9號」被放置塑膠炸彈那天的狀況，則是不分男女、一律清查。

只是，目前為止清查過的旅客全都有不在場證明。

名簿上的名單雖然已經調查了大半，可是其中並沒有發現有嫌疑的人。

不久，大阪府警送來伊丹機場的旅客名單。

雖然比羽田的少，不過也有將近一千人。

在空蕩蕩的搜查本部裡，矢部一張接一張地翻閱著厚厚的名簿。在伊丹機場下機的旅客，幾乎都是大阪以西的地址，不過，也有少數幾個位在東京的地址，這些旅客大概是先在大阪跟朋友見面，翌日再搭乘新幹線返回東京吧。

（又得仰賴各縣警協助調查了……）

正當矢部一面這樣想，一面又翻過幾頁時，他忽然間發出「哦」的一聲，眼睛瞪得大大的。

那一頁上羅列了大約三十個人名和住址。

其中有一個姓名，強烈吸引住了矢部的目光。

牧野英公

是這個名字。

（我好像在哪裡看過這個名字……）

雖然矢部對這個名字有印象，可是，一時卻想不起是在哪見過。

（對了，是左文字給我的那張便條紙上的名字！）

矢部一想起來，忍不住深吸了一口氣。

只見他連忙翻找起上衣的口袋，從內口袋中找出摺成一小塊的便條紙。

打開了一看，左文字在上面寫了以下四個人的名字：

野上知也

牧野英公

串田順一郎

雙葉卓江

矢部用炯炯有神的目光，一一對照著名簿。

（找到了！）

他在內心如此大喊著。

雖然沒有野上知也的名字，不過卻找到了串田順一郎跟雙葉卓江的姓名。

牧野英公——曼谷

串田順一郎——美國

雙葉卓江——馬尼拉、民答那峨

這是三人各自的目的地。

當天傍晚，當刑警們正因一無所獲，苦著一張臉回到搜查本部時，矢部立刻下達命令，要他們明天重點調查這三個人。

3

同一時間，左文字也收到了哥倫比亞大學友人寄回來的錄音帶。

那是用美國開發出來的「氦聲音修正裝置」，把因氦氣扭曲的聲音復原的錄音帶。

根據朋友的信上說，「唐老鴨效應」是聲音經過氦氣時，會比普通空氣快二・九倍，也因此聲音會變得更加尖銳；為了讓聲音復原，雖然美國方面已經製造出了各種聲音修正裝置，不過要讓聲音完全復原，目前尚不可能。

儘管如此，試著一聽送回來的錄音帶，以前所聽到那種尖銳嗓音已消失，變成了另一個人的聲音。

「啊！」聽到一半時，史子發出歡呼聲。

「這個聲音跟那個野上律師很相似！」

「我知道。其他三人的聲音，恐怕也跟我們列為目標的那三人很相似吧。」

「我再帶著這捲錄音帶去給那三人的朋友聽聽看！」史子這麼說完後，立刻帶著錄音帶衝出事務所。

史子離開後，左文字攤開報紙。

今天的報紙也是大肆報導著M銀行江東分行內，三神德太郎戶頭裡的存款金額。簡直就像公司帳般，每天都刊載著金額，只是和公司帳唯一不同的是，金額只有增加，沒有減少。

今天的金額是九百零六億圓，即將突破一千億圓大關。以一枚徽章五千圓計，那就是說已經賣掉了一千八百一十二萬枚。

根據新聞的報導，三神製作所可說是目前最炙手可熱的企業。

M銀行總行的高階幹部，特地前來向三神夫婦致謝。

也有好管閒事的週刊，開始幫他計算究竟要繳多少稅金。

這時，電話鈴聲響起。

左文字放下報紙，拿起電話聽筒。

「是我啦！」從電話聽筒裡傳出矢部的聲音。

「我想你的推測或許是對的也說不定。」

「咦?等等，這是怎麼一回事?」

「犯人使用的手槍、塑膠炸藥，以及雷管等，我想大概是在國外籌措的，於是調查了一下這個月內出國旅遊的名單，結果我發現你所說的四個人當中，有三個出現在名單上，唯獨缺了野上律師的名字。」

「這倒是很有意思。知道那三個人的地址嗎?」

「由於只有牧野英公的地址在東京，所以我立刻叫部下去調查，結果卻發現他已經搬家了。他是在三月十九日返國，然後二十日便立刻搬家。」

「搬去哪裡不知道嗎?」

「是的。雖然我們也問過附近的人，可是沒有人知道。附近的太太都說他是沉默寡言的怪人，就算在路上遇到，也是連一聲招呼都不打。」

「他是住在公寓嗎?」

「是深大寺附近的一房一廳公寓。房間我們已經調查過，什麼也沒有發現。」

「一定是為了進行計畫而潛入地下了。那，其他兩人呢?」

「串田順一郎的地址是K島，大概是在那裡的時候取得護照的吧。雙葉卓江的地址是福岡市，我們剛剛已經和福岡縣警聯絡過了。不過，這兩人行蹤不明的可能性非常大，至少可以確定串田已經不在K島了。」

「他們一定是為了進行計畫而全體潛伏，只有發號施令的領導者留在檯面上。」

「領導者是野上律師嗎？」

「正是。我曾經和他見過一次面，只是目前對他莫可奈何，因為沒有直接證據證明他和這起案件有關。」

「這我了解。這三個人要是給我逮到哪一個，我非嚴刑逼供、讓他們坦白認罪不可！」

「民主國家的警察可以說這樣可怕的話嗎？」

「可是我只要一想到犯人，就忍不住想痛毆他們。他們可是把警方害得超慘，每天都被罵無能，讓我們連頭都抬不起來哪！」

「你就再稍微忍耐一下吧。」

「我會的。啊，等一下！」

矢部的聲音突然從電話聽筒裡消失了。左文字把聽筒貼在耳邊等著，過了五、六分鐘後，矢部的聲音再次出現。

他的聲音顯得相當激動。

「據說，三神夫婦已經向巴西大使館提出永久居留權的申請。」

「巴西的永久居留權？」

「正是。如果取得外國居留權，大概無法限制他攜出外匯吧！」

4

矢部連忙趕往向島。

三神製作所外面已經擠滿了報社和週刊的記者，簡直就像是大人物的記者會一樣。當矢部趕到時，記者會已經開始了。

——請問您是何時決定移民巴西的？

——三天前。

——不會太突然嗎？

——當然不會。我從很早以前，就想在巴西的廣大土地從事農業，因為我向來對農業很憧憬；而就在三天前，我收到下落不明的兒子來信，那封信件是從巴西寄來的，他說他一直住在巴西。

——可以把那封信拿給我們看嗎？

——請。（妻子文代好像很高興地把航空信交給記者）

——因此，你們也想跟兒子一起住在巴西嗎？

——沒錯。能跟失散多年的兒子住在一起，不要說是巴西，任何地方都行，更何況巴西也是我一直嚮往的國家。

——您認為巴西大使館會同意你們移民嗎？

——我想會同意的。由於有各種手續要辦，我想或許需要花一段時間，因此我想先寄五千美元給我兒子；雖然我想寄更多的錢，可是，法律規定一次最多只能寄五千美元，所以……

——可是，讓我們在意的是您那將近千億圓的存款。如果您移民巴西，那這些錢全都要帶出去嗎？

——是的，因為我想在那邊經營牧場。當然啦，我會繳納完稅金才出去；我已經向巴西大使館，表達我想在他們國家經營牧場的意願了。

——那您預定在哪時候可以移民巴西？

——由於有各種事情要準備，所以我想夏末或秋天才能成行。從現在起，我非得學習那邊的語言跟牧場的經營方式不可。

——到秋天的話，您的存款或許可以高達兩、三千億圓也說不定呢！

——會嗎？不過，由於稅金很高，我想能帶到巴西的錢，頂多幾百億圓吧。

三神德太郎很高興地笑著。

記者們為了將這則新聞傳送回報社或週刊社，有如退潮般地各自迅速散去。

當所有的記者都離去後，矢部走過來和三神夫婦見面。

矢部對此受到很大的打擊，因為這種發展完全出乎他意料之外；他一直認為匯集一筆鉅款後，犯人一定會用什麼方法把這筆錢給搶到手才對。

就算犯人在瑞士銀行有戶頭，也頂多只能匯出五千美元，因此，矢部認為對方一定會用暴力的手段進行搶奪。可是，三神夫婦卻說要移民巴西經營牧場；如果巴西政府同意他的申請，那警方就無權制止他把錢匯出去，更何況他又繳納了稅金，因此如果無法證明三神夫婦與這起綁架案有關的話，警方對他也莫可奈何。

讓矢部還保有一線希望的是，三神夫婦不是現在就要移民，而是要夏末或是秋天才能成行。無論如何，在他們離開日本之前，都非得想辦法突破瓶頸不可。

「這是令郎寫給你的信嗎？」

矢部拿起蓋著聖保羅郵戳的航空信問道。

父母親大人膝下：

當你們收到這封信時，或許會大吃一驚也說不定。事實上，我目前是住在聖保羅市，因為我已取得巴西的永久居留權，我打算在這個國家過一生。

爸媽，你們能來這個國家嗎？這個國家不像日本那麼狹，而且也很有人情味，是居住的好地方。

我希望父母親能來這個國家定居，好讓孩兒盡點孝道。

聖保羅市

「這的確是令郎的筆跡嗎？」矢部向三神夫婦問道。

「是的，的確是我兒子一男的筆跡。」母親三神文代點著頭說。

「你們移民巴西的決心不會改變嗎？」

「絕對不會改變。」三神德太郎大聲地說。

「終於可以跟兒子生活在一起了，我們絕對會在巴西定居下來。聽說那邊有很多日本人，一點都不會感到不安。」

「你以前不是說過要把龐大的收入移作福利事業嗎？」矢部用諷刺的口吻說道。

三神德太郎好像完全聽不出那是在譏刺他，淡然地說：「那是因為我以為兒子一男已經死了，如今知道他還活著，我的想法也就隨之改變了，這就是人們所謂的親情吧！更何況這些都是正當收入，我得繳納稅金，稅率可高達百分之七十五，一千億圓只剩兩百五十億圓，其他七百五十億要繳納給國家，我希望國家能從這七百五十億圓中，拿一部份出來做為社會福利。」

「我再問你一遍，你跟這起綁架案有沒有關係？知道犯人是誰嗎？」

「不，我完全不知道，我沒有說謊。」老人斷然否認。

矢部覺得自己在這對老夫婦面前，一點辦法也沒有。

失蹤已久的兒子突然從巴西寄信回來，說希望能夠生活在一起，而老夫婦也為了兒子，決定移民巴西，這是很自然的事情，沒有任何置喙餘地。

縱使是存在M銀行江東分行裡的鉅額存款，據律師說，那是正當商業行為的利益，因此只要繳納稅金，就可比把剩下來的金額自由攜往巴西，警方也無法加以阻止。

監視三神夫婦的刑警也說，沒有形跡可疑的人前來拜訪這對老夫婦。

又，矢部明知違法，還是請電電公社[24]竊聽三神家的電話，並加以錄音；如果此事一旦為外界知曉，他就非得一肩扛起責任，黯然離開警視廳不可。

當然，也是因為這起案件實在太棘手，所以他才在不得已的情況下，採取了這種非常手段。可是，縱使用了這種方式，竊聽的錄音帶中還是沒有任何跟案情有關的內容，只是愛好晨澡者間的無聊對話，和寄現金可否拿到徽章等的會話。

5

「從表面上看來，似乎沒有任何收穫。」回到搜查本部的矢部，像是很遺憾似地說著。

「那麼，事實又是如何呢？」松崎很平靜地向矢部問道。

「我確信這是一開始就計畫好的。」

註24：「日本電信電話公社」的簡稱，為日本的國營電信公司，亦為現在日本最大電信業者NTT的前身。

「你是說離家出手的兒子突然從巴西寄信回來，也是早就計畫好的嗎？」

「是的。」

「請你說明一下。」

「三神德太郎和妻子文代是典型的江戶老街人，不論問起誰，都說他倆很有人情味，是那種寧願自己吃虧、也不願傷害別人的善良夫婦。可是，這種夫婦竟會販賣徽章，賺取幾十億圓、幾百億圓的利益，就顯得有點奇怪了。一般來說，這種人絕不會和犯罪有任何牽連，你說是不是？」

「可是，由於這是正當生意，所以他才拚命賺錢吧？」

「正是。像這種典型的老街人之所以會做那種事情，也只想得到這個理由；他是為了溺愛的兒子，才拚命地想賺錢吧？犯人一定也是利用了那種親情吧。」

「如此一來，三神夫婦並不是因為接到來自巴西的航空信，才知道兒子的事情，而是之前就已經跟兒子在哪裡見過面嗎？」

「正是如此。如果這是事隔幾年才收到、來自聖保羅的信，那麼在申請永久居留權之前，先寄信去聖保羅確認確認兒子的近況，這不是人之常情嗎？就算不寫信，打通國際電話和兒子聊聊，也是人之常情呀！可是，竊聽電話的結果，並沒有發現那對老夫婦有撥打國際電話。如此一來，我只想到一個可能，那就是三神夫婦早就知道兒子去了巴西。」

「會是去水上溫泉的時候嗎？」

「我是這麼認為的。那對夫婦以散步釣魚為藉口，在那裡跟離家出走的兒子見面，而進行安排的，一定就是犯人。根據左文字的說法，犯人的頭頭是那個名叫野上知也的名律師，因此多半是他從中牽線的吧！那時，三神夫婦的獨生子一男移民到巴西，想在那裡經營牧場，可是這需要一大筆錢，於是返回東京的老夫婦，雖然明知那是骯髒錢，可是為了兒子，也只好昧著良心繼續販賣徽章，然後帶著所賺的錢移民巴西。當然，犯人也會跟著一起遠走高飛到巴西；由於那三個人都有一段不愉快的過去，因此比起日本，他們大概更想在巴西生活吧。」

「如果有幾百億的錢，以他們這幾個人算起來，是可以在巴西購買大牧場沒錯。可是，主謀的野上律師沒有必要逃往巴西吧？畢竟他在日本發展得很好。」

「沒錯，所以我想他們會為他在里約熱內盧買上一棟占地寬廣的豪華別墅，當做是他該得的那一份。由於巴西的土地很便宜，因此花個幾億圓，應該就能買到很大的別墅了吧？為了品嘗甜美的勝利果實，野上律師或許一年會去那棟別墅一、兩次也說不定。」

「三神一男在離家出走後，或許曾經發生什麼事情，因此和野上律師牽扯上關係，而野上知道一男的父親曾大量製作賣不出去的徽章，於是才擬定了這次計畫——」

「我想這種可能性非常大。」

「那麼，把三神夫婦以案件重要關係人的身分傳來訊問，你看怎樣？」

「我也曾這樣想過，可是，這麼做大概沒有用吧，因為我認為那對夫婦或許曾跟野上見過面，可是並沒有見過其他三人；更何況，我們目前也沒有證據，足以證明那對夫婦跟整起案件有關。不只如此，那對夫婦絕不會說出對兒子不利的證詞，因為他們的個性似乎相當頑固。」

「那麼，我們就要眼睜睜地看著那隊老夫婦帶著鉅款移民巴西、以及那三個下落不明的男女繼續逍遙法外嗎？」

「到他們移民巴西之前，還有一點時間，而且那三個人的行蹤，我想不久就可以知道了。」

「你怎麼知道的？」

「如果我們的想法沒有錯的話，我想不久之後他們就會為了申請移民巴西，而出現在外務省和巴西大使館。」

「問題是，如果他們已經取得了永久居留權呢？」

6

一經調查，立刻得知結果。

在三人當中，只有牧野英公一個人已經取得巴西的永久居留權。

他取得永久居留權的日期是在三月十九日，也就是這起案件發生之前的兩天。

由此看來，他們，也就是藍獅一定早就擬訂了這次計畫，而在開始進行計畫時，牧野英公已經取得了永久居留權。

前往調查此事的谷木和棚橋兩位刑警，一臉不解地說：「為什麼他們三人不一起申請巴西的永久居留權呢？」

「大概是怕一起申請，會被人識破他們是一夥的吧！」矢部不假思索地這樣回答。

三天後，警方接到外務省通報，說串田順一郎前來拿巴西永久居留權的申請書，於是立即將他逮捕——不，說逮捕並不正確，由於並沒有證據可以證明這個男人是藍獅的一員，所以只能將他暫時留置。

矢部壓抑住內心的興奮，跟或許是犯人的這個男子打照面。

串田順一郎是個身材高挑、體形消瘦的男子，額頭很寬，臉上掛著一副洋洋得意的表情。

縱使是坐在椅子上，串田也給人一種傲慢的感覺，只見他抬頭挺胸注視著矢部，用諷刺的口吻說：

「最近我想移民海外，沒想到這樣也算犯罪啦？」

「為什麼你想移民巴西？」

矢部問話的口氣很溫和，畢竟對方目前只是嫌疑犯而已。

「理由很簡單，因為日本讓我感到很厭煩。」

「你在城北醫院時，曾經從事過人體實驗吧？」

「正確說，不是人體實驗。」

「那麼是什麼呢？」

「我是為了醫學的進步才做那種實驗，沒想到卻被批判得體無完膚，讓我不禁討厭起日本來，所以想住到巴西廣大的土地去。日本已經無法讓我發揮我的長才，住在這個國家的人也都心胸很狹窄哪！」

「你認識牧野英公、雙葉卓江，野上知也這三個人嗎？」

「不認識。」

「那就奇怪了，他們都是跟你一樣，在U大學接受英才教育的夥伴啊！」

「可是，年代不一樣吧？除了同期的學生之外，我跟其他的學長學弟們並不太熟。」

「那麼，三神德太郎呢？」

「這個名字我知道，」串田笑著說。「是賣徽章賺了幾百億的老人吧！」

「你跟他是什麼關係？」

「什麼關係也沒有——不，由於我曾跟他買過徽章，所以算是顧客關係啦！」

串田好像很高興似地一面笑著，一面用手撫摸著胸前的徽章。

「你最近曾去美國旅行對吧？」

「沒錯，不行嗎？」

「那時你曾把手槍偷偷帶回日本吧？」

「嗯——你是什麼人？」

「矢部警部。」

「喂！矢部先生，無憑無據的，你可不能胡亂栽贓啊，要不然的話，我可是會告你的喔！」

「那麼，我問你其他問題好了：根據你的護照來看，你的地址是在K島嗎？」

「沒錯。」

「你離開K島的診療所後，人到哪裡去了？從事什麼工作？」

「我在大阪西成區[25]一家叫做齊田醫院的醫院裡上班。如果你覺得我在說謊，可以去問問看呀！」

「三月二十六日，你人哪裡？」

「什麼？你是說三月二十六日嗎？」

「是自稱藍獅的犯人在札幌射殺一個毫無關係青年的那一天；他們自稱自己是在『殺害人質』。」

「換句話說，你——」串田覺得很好笑般地笑著說：「你的意思是說，我是藍獅犯罪集團的一員嗎？」

「不是嗎？」

「當然不是。」

「那麼，你在三月二十六日的不在場證明呢？特別是晚上。」

「這個嘛……對啦，齊田醫院是急救指定醫院，所以那天或許我在當班也說不定，你可以去

……………

註25：大阪鄰近木曾川的地區，聚集在此地的多半是體力勞動者以及貧民。

問問看。」

「谷木刑警。」

矢部把谷木刑警叫過來，把串田所寫的齊田醫院電話號碼交給他。

「那麼，串田先生，你對這次的綁架案件有何看法？」

聽矢部這麼一問，串田好像很仔細地想了一下後，開口說：「我認為這是起很有趣的事件，犯人一定都很聰明。」

「就像你一樣，是由IQ一四〇以上的人組成的犯罪集團嗎？」

「這我就不知道了。不過以目前的狀況，警方一定沒辦法逮捕他們。」

就在串田像是譏嘲似地微微笑著時，谷木刑警走進來，在矢部的耳邊說：「我已經打電話到齊田醫院，結果證實串田醫生三月二十六日晚上值夜，晚上十一時左右，他正在治療一名因為車禍事故送來急診的老人。」

7

串田順一郎被釋放了。因為沒有證據，所以警方無法拘留他。

札幌汽車修理工被射殺的案子，恐怕是牧野英公幹的，矢部這樣相信著。藍獅一定早就決定好了各自的任務，所以才只有牧野英公首先取得了巴西的永久居留權。

如此一來，牧野已離開日本的可能性就非常大。
為了調查此事，刑警再度趕往羽田機場，並且也請求大阪府警協助調查。
就在結果尚未明朗之際，這次是雙葉卓江前往申請巴西永久居留權而被帶回搜查本部。
這次也是由矢部親自負責詢問。
雙葉卓江是個身材矮小、看起來很聰明的女人，身強力壯，一點也沒有女人的魅力。
跟串田一樣，她也是筆直盯視著矢部說話，一副對自己所做的事情自信滿滿的模樣。
「全日空事故，造成一百九十六人死亡，這事妳知道吧？」矢部也盯視著卓江問道。
「是的，我知道。」
「那是自稱藍獅的犯人在機上放置塑膠炸彈造成的。」
「這我也是從報上知道的。」
「在那班飛機的乘客中，有一個名叫石崎由紀子的歌星；當飛機要從福岡機場起飛時，有個自稱是歌迷的女人送給石崎一個蛋糕，我認為炸彈就是藏在蛋糕裡面。」
「原來如此，我已經知道你把我帶來這裡的理由了；你認為那個歌迷就是我吧？」
「目擊者說那個女人跟妳很像。」
「那麼，我希望能跟那個目擊者對質。」卓江好像在挑戰般說著。
矢部認為沒用，因為據說福岡機場的犯人是身穿過時的衣服、挽著髮髻，戴著白色口罩，可是眼前的卓江身穿雪白的衣服、戴著墨鏡，頭髮剪得短短的，看起來根本就像是另一個人。

「妳的地址是福岡，那妳在福岡做什麼呢？」矢部改變訊問的問題。
「我在補習班教書，不行嗎？」
「不，沒問題。可是，妳為何想移民巴西呢？」
「因為日本給我很多不好的回憶，這個只要你去調查就可以知道。我也曾在精神病院待過，因此我想離開日本，住在自由又遼闊的巴西，是很自然的事情吧？」
是很合理。
「妳戴著很有趣的項鍊，那是鑰匙嗎？」
「沒錯，是一把打不開門的鑰匙。」
「以前妳有沒有把電氣雷管當成項鍊戴過？是在東南亞旅行的時候。」
「雷管嗎？」
「沒錯，是引爆塑膠炸藥的雷管。」
「我是女孩子，怎會拿那種可怕的東西當做項鍊呢？」
卓江說完，哈哈大笑了起來。
大概她是認為我找不到證據，所以才大笑吧！矢部在心裡這樣想著。
由於警方並沒有理由拘提卓江，所以只好釋放她。
之後，矢部馬上接到了一個壞消息。
那是牧野英公已在五天前，由羽田飛往巴西的報告。

第十章　獅子與陷阱

1

左文字凝視著窗外的夜景。

史子再次拿著美國送回來的錄音帶去給那三個人的朋友聽，結果正如左文字所預期。果然，這次得到了和牧野英公、串田順一郎、雙葉卓江的聲音非常相似的回答。

雖然這更堅定了左文字的確信，可是，光是聲音相似，警察也無法逮捕他們。

「難道就這樣無計可施嗎？」史子焦急地向左文字問著。「明明已經知道這四個人是藍獅，可是就是奈何不了他們。牧野英公已經取得巴西的永久居留權，串田順一郎跟雙葉卓江在警方的訊問下沒有露出任何破綻，首謀的野上也正悠悠閒閒地坐在銀座的律師事務所……喂！你有在聽嗎？」

「啊！我有在聽呀！」

「今天早報的報導說，購買徽章的人數已經達到三千萬人，也就是說，幾乎每四個日本人當中，就有一個佩戴著那種徽章。」

「這數字恐怕還會再增加吧。」

「那麼，或許會有一億人購買徽章，使得贖金達到五千億圓喔！」

「也許吧。」
「你不要說得那麼輕鬆好不好？」
「我只是陳述事實而已。」
「五千億圓，就算繳納百分之七十五的稅金，也還是可以帶著一千兩百五十億圓移民巴西；如果這種狀況還是繼續下去，不但警方會焦急到不行，我們這家偵探事務所也會顏面無光啊！」
「妳放心好了。」左文字微笑著說。
「你叫我如何放心？」
「之前我應該有說過，他們已經逐漸接近滅亡。」
「這我就不懂了，他們的每一步棋不是都很成功嗎？」
「表面看起來是很成功，這可以從『光9號』事件中得到明證。」
「這起事件確實證明了他們很聰明，因為這件事很成功地讓人們認定只要戴上那種徽章，就能得到安全，而不戴徽章的話，或許會被殺害也說不定。也因為這件事，才使得徽章的銷售有著如此飛躍的進展，不是嗎？」
「可是，那也等於是要他們的命。」
「我還是不懂，你能解說得清楚一點嗎，偵探先生？」
「他們最初是以綁架犯的姿態出現，雖然他們自有一套奇特的理論，不過綁架就是綁架。接著他們變成殺人者，第一次兩人、第二次一人，第三次大約兩百人；然後，他們開始販賣安全，那種徽章就是安全的保證。」

「這也很成功啊！」

「可是，妳仔細想想看：他們現在已經從殺人犯，不知不覺變成保護者了。他們承諾如果購買徽章，就要保護購買者的安全，『光9號』就是他們信守承諾的最佳例證，而現在有三千萬人購買徽章……喂，史子！警方在這次事件中，看起來好像很無能，妳知道為什麼嗎？因為二十萬名警察根本無力保護一億兩千萬人。而現在，這種情況已經轉移到了藍獅的身上。他們四個人──不，牧野英公已經去巴西了，所以只剩三個人；妳想想看，單憑三個人的力量，能夠保護三千萬人的安危嗎？」

說到這裡，左文字向妻子使了個眼色：

「更何況，在日本每天都會發生殺人事件，動機也是千奇百怪；妳認為，那些兇手會專挑沒有佩戴徽章的人下手嗎？」

2

在京王線初台站下車，一走出車站就可以進入八號商店街。

在商店街的街尾，有一家白石腳踏車店。

四月二十五日晚上，店主白石一家五口慘遭殺害。

翌日將近中午的時候，住在隔壁的麵包店老闆因為白石腳踏車店遲遲沒有開門做生意，覺得有點奇怪，於是從後門往裡一看，才發現這件慘案。

八坪大的房間內，電視機還開著，一家五口陳屍在桌子的四周，很明顯是在吃完晚飯看電視時，慘遭犯人的毒手。

白石一郎（三十五歲）

妻子，文枝（三十歲）

長女，由香（十一歲）

次女，早苗（八歲）

長男，昌一（六歲）

這五個人是被厚刃刀殺害的，全身傷痕累累、慘不忍睹。

而，倒臥在血泊中的這五人，胸前都別了一枚「和平・安全」的徽章。

一聽到這起案件的那一瞬間，左文字感覺到他所期待的終於來了，於是他帶著史子，趕往特別搜查本部跟矢部警部見面。

可是，矢部卻很冷淡地回應說：「由於那起殺人案件不歸我管轄，犯案原因多半也是怨恨，所以我想馬上可以逮捕到犯人了吧！」

「你也未免太逍遙了點。」左文字輕歎了一聲。

矢部皺起了眉頭說：「對於藍獅的這個案子，因為無計可施，讓我感到很痛苦，怎會逍遙呢？如果讓犯人這麼順利移民巴西，那我非得提出辭呈不可，處在這種窘境中，我能逍遙得起來嗎？」

「正因如此，我才說你很逍遙啊！明明解決案件千載難逢的機會已來臨，你卻不為所動。」

「你所說的『千載難逢的機會』，到底在哪裡啊？」

「就是發生在初台八號商店街的殺人案啊！」

「可是，剛才我不是已經說了……」

「你聽我說，一家五口被殺害，這五個人都佩戴著那種徽章。」

「這我知道，可是，這和藍獅綁架案無關啊！」

「所以說，你的腦袋實在是很不靈光；如果放出風聲，說這件殺人案是藍獅幹的，你想會有什麼結果？由於人們相信購買那種徽章就可以確保安全，因此才會花五千圓購買徽章；可是，儘管戴著徽章，他們還是毫不留情地加以殺害，你想會怎樣？大家不是會馬上拿著徽章，前往三神製作所要求退還五千圓嗎？如此一來，超過一千億圓的現金，很有可能馬上就會煙消雲散也說不定。」

「嗯！」

矢部的眼睛頓時亮起光芒。

左文字笑著說：「你好像終於明白了。何況藍獅的人都是天才，也為此感到自負；就算是做壞事，他們也比常人更感到自豪。如果傳出他們一面承諾安全，一面殺害一家五口，連小孩也不放過的風聲，他們一定會感覺到自尊受損，並因此坐立不安吧！」

「原來如此。如果我們放出那種風聲，你想他們會怎樣？」

矢部把身體靠過來，看著左文字。

「一般而言，他們會很想出面聲明自己是藍獅，不會濫殺無辜。可是，他們不敢那麼做，因為縱使昨晚的不在場證明成立，他們也還是宣示了自己是集體綁架案件的犯人。」

「那，如果他們沒有行動的話，我們該怎麼辦？」史子從旁說道。

「對，如果不是他們幹的，真兇早晚會被逮捕；真兇一落網，不就證明跟他們沒有關係了嗎？」矢部也跟著提出疑問。

「所以，我們要主動把他們逼進死胡同。矢部警部，滅門慘案的搜查本部設在哪裡？」

「設在新宿警署，由跟我同期的佐佐木警部負責調查。」

「那樣很好，你能立刻跟他商量嗎？畢竟這可是讓他們滅亡的絕佳機會哪！」

「好，我馬上試試看！」

3

兩個搜查班立刻召開共同會議，左文字也以中間人的身分與會。

佐佐木警部出身東北，有點木訥，說話也是直來直往，不過個性倒是滿固執的。「這起案件以現場狀況來看，因怨恨犯案的可能性很大，因為房內的二十六萬圓現金仍然擺在原地，室內也沒有翻箱倒櫃的痕跡。被害的白石一郎先生沒有敵人，不過妻子文枝曾在酒吧打工過，由於是很有男性緣的美女，因此據說有很多男人追求她。目前警方正根據這條線索，調查她的男女關係。」

佐佐木警部這麼說明現狀。

「何時舉行記者會？」左文字問。

「預定明天上午，因為記者希望能配合晚報的出刊時間。」

「到那時，你也是要說本案是怨恨殺人嗎？」

「是的，因為我們已經鎖定了三名嫌疑犯。」

「在這種時候，希望你能協助我們。」矢部向同期的佐佐木警部這樣說。「換句話說，我希望你能向記者說，這是那起綁架案件的犯人幹的，可以嗎？」

「那樣做是沒用的。」左文字說。

「為什麼呢？」

「他們都是天才，表演得太簡單會立即被識破；不過，就算被識破，他們大概也會把真兇找出來，而這正是我們的希望。」

「那要怎麼做才好？」

「首先提出怨恨說，然後又繼續這麼說：由於白石一郎平日對綁架犯感到很不滿，曾向報紙讀者欄投書，希望把藍獅處死刑，所以不是沒有被藍獅殺害的可能性……」

「等等，白石向報社投書，這我還是第一次聽到哪！」

「這是真的，只不過投書的人是我。」

左文字笑著說完，拿出一份一星期前的《中央新聞》給佐佐木警部看；矢部也以驚訝的表情看著那份報紙。

把綁架犯人處以極刑！

各報把這次的綁架犯當成英雄人物來報導，實在很不妥當，因為他們已經奪去將近兩百人的寶貴生命。由於我也珍惜生命，因此不得不佩戴那種徽章；可是，每次一看到那枚徽章，我就一肚子無名火，因為我覺得自己簡直就像是犯罪事件的共犯一樣。我希望能儘快把那些犯人逮捕起來，屆時我一定要用那枚徽章，狠狠砸他們的臉！

（知名不具）

「如果有三千萬人佩戴這枚徽章，必定會發生像這次的殺人案件。我早就預料會發生這種事情，所以才寫了這篇投書寄到中央新聞社；只是，我並不知道被害者會是單身貴族、有家室的人，還是女人？所以才用這種曖昧的筆法寫這篇投書。」

「真是令人驚訝啊！」矢部這麼說。

「有跟中央新聞打過招呼了嗎？」

「我來這裡以前，已經拜託他們協助，而他們也因為協助逮捕犯人是一大功勞，因此很樂於協助。」

「我懂了，我就試試看。」佐佐木警部以嚴肅的表情說。「只是我不擅長演戲，能否演得好就不得而知了。」

「你的樸素就是最好的武器。」矢部這麼鼓勵他。

4

翌日的晚報，果然全都報導了左文字所預想的新聞。

雖然佐佐木警部暗示有兩種可能性，可是，每一家報社都把重心放在藍獅殺人的可能性上，而這也在左文字預料之中。

「白石先生向本報投書，希望將綁架犯處以極刑，會不會是因此而激怒了綁架犯呢？」

中央新聞這麼報導著。

「如果佩戴徽章還被殺害的話，人們會很憤慨地要求退還五千圓吧！」

也有報紙報導著這種街頭巷尾的議論。

不論如何，每一家晚報的共同標題都是「佩戴安全徽章遭慘殺」。

野上等人會不會發現這是警察在演戲呢？

左文字認為，縱使被發現也沒有關係，因為藍獅絕不會袖手旁觀。他們散布的恐懼已經傳遍日本，如今這種報導，將會激起人們對他們的疑惑，假使放任不管的話，疑惑將會如雪球般愈滾愈大。因此，以天才自負的他們，應該會設法化解人們的疑慮才對。

「陷阱已經布下了。」

在召開第二次共同會議時，左文字很滿意地這麼說。

「接下去該怎麼辦才好？」佐佐木雙手抱胸，看著左文字說：「我們就這樣把事情擱著、不採取任何行動，不太好吧？」

「是有點不妥，因為成立搜查本部而不搜查案件，一定又會被批評為無能。」矢部也這樣說著，然後看了左文字一眼。

左文字笑笑地對佐佐木警部說：「那麼，就請逮捕犯人吧。」

「如果逮捕犯人，就無法讓綁架犯中計了啊！」佐佐木警部不解地說道。

「你曾說有三名嫌疑犯是吧？」

「是的。」

「若是那樣，請把犯人逮捕起來。」

「逮捕之後又該怎麼辦？犯人一旦被逮捕，這件一家五口被殺害命案，就將會在證明跟藍獅沒有任何關係的情況下結案啊！」

「逮捕真兇後，我希望能以證據不足加以釋放，然後再度舉行記者會。」

「然後呢？」

「我希望你這麼說：雖然根據怨恨這條線索逮捕某人加以調查，可是由於證據不足，只好無罪釋放。如此一來，自稱藍獅的綁架犯為了警告向報社投書、說他們壞話的白石一家人，而加以殺害的可能性就更為增強了。自稱綁架一億兩千萬人的他們，為了警告人質，都已經殺害將近兩百名噴射客機的乘客了，不過是區區一家五口，要下手應該是易如反掌吧！」

「原來如此，他們大概會很生氣吧！你想他們會採取什麼行動？」

「我只想到一個，那就是他們要親自把真兇找出來，讓他承認殺害一家五口，然後把錄音帶寄給各報社，證明這次事件跟他們沒有關係。」

「如果不這麼做，要求退還現金的人將會蜂擁而至——」

「這也是原因之一，不過最大的問題還是有關他們的自尊心。由於他們是天才，幹的也都是引起全日本騷亂這種等級的大案子，因此，如果被認為是為了私怨而幹下像是殺害一家五口這類無聊的案件，將會嚴重傷害到他們的自尊心；因此，他們一定會親自把真兇逮捕起來，讓他坦承認罪。」

「如果這個實驗能成功，那就太好了。」矢部說。

5

翌日，「腳踏車店一家慘殺事件搜查本部」逮捕了嫌犯寺田浩二（二十九歲）。

寺田有犯罪前科，是白石文枝以前上班的「羅沙利歐」酒吧的常客，曾經追求過她。儘管文枝離開酒吧，在家當起了家庭主婦，寺田還是不斷打電話來找她；如果是白石一郎接聽電話，寺田就會威脅他離開文枝，不然的話就要殺了他。

佐佐木警部以複雜的心情訊問寺田。

警部在心裡，其實期望著寺田能坦承殺害一家五口的罪行；如果是平時，他一定是這樣期望的，就算是現在，他也還是如此盼望。可是，為了解決藍獅所犯下的綁架案件，寺田卻最好能夠否認罪行，因為如此一來，才能以罪證不足為由將他釋放。

寺田的身材中等，年輕時曾在礦坑工作過，所以體魄很結實，眼神也很銳利。

「怎樣?殺害那家腳踏車店一家五口的兇手就是你吧？」

「不是我，我才不會做出那種大案子咧！」

寺田露出一口黃牙，大聲否認著。

「你的意思是，你連一隻蟲子都不敢殺嗎？」

「沒錯，我很懦弱，連一隻蒼蠅也不敢殺哪！」

「五年前，你不是因為口角糾紛，殺死過一個人嗎？」

「那是對方不好，我是正當防衛啦；不過也因為那起事件，我在監牢裡蹲了三年呢！」

「之後，你有跟白石文枝見面吧？」

「有啊，她是個很好的女人。」

「可是，聽說她嚴厲拒絕了你，於是你就威脅要殺害她全家，有沒有這回事？」

「別開玩笑了，我怎會殺害我喜歡的女人？」

「那麼，你沒有去她家嗎？」

「當然沒有；我從頭到尾只有打電話，從沒有去過她家啦！」

就在寺田一臉不悅地這麼說時，一名刑警走進來，在佐佐木的耳邊說道：「現場採集到的指紋，好像跟寺田的指紋一模一樣。」

如此一來，寺田就更難洗清他的嫌疑了；佐佐木在心裡想著。

如果是在平時，只要把這個事實告訴對方，就可以讓對方坦承認罪。正因如此，佐佐木才更覺得猶豫不決。

只是，遺憾的是，他不能讓這個真兇寺田俯首認罪。

（這到底是怎麼一回事啊……）

佐佐木警部一面在內心苦笑著，一面絕口不提指紋的事：「總之，你堅持沒有殺害那一家人嗎？」

佐佐木反覆問著同樣的問題，寺田當然也是回答同樣的話。
「不是我，我沒有殺害任何人啦！」
「這樣好了，我先讓你的腦袋冷靜一下。」
「你要拘留我嗎？沒有證據，警察不是不可以隨便拘留人嗎？」
「我要拘留你二十四小時；如果你是無辜的，明天晚上你就可以出去了。」
簡直就像在進行儀式一樣；佐佐木又這樣想著。
因為立刻釋放寺田，將會讓藍獅的人感到可疑，因此不得不採取進行調查、然後以罪證不足加以釋放的儀式。
那天，寺田被拘留在新宿警署。

6

隔天上午十點，佐佐木警部再度舉行第二次記者會。
「首先，請容我說明直到目前的搜查情形。我們已經逮捕一名嫌疑犯，目前正在調查那個男子。雖然心證證明他有罪，可是卻找不到可以證明他是犯人的證據，所以感到很傷腦筋。」
「怎麼不嚴刑逼供，讓他坦承認罪呢？」有個記者以諷刺的口吻說。
「那個男子是不是有一次前科、目前沒有職業的寺田浩二？」另一個記者這麼追問。

「這就讓你們去想像好了。此時我想告訴你們一件事情，那就是這次的全家被殺事件，不是出於私人的怨恨，而是綁架案件的犯人，也就是藍獅所為，這樣的可能性相當之高。」

「可是，白石一家人不是都佩戴著那種徽章嗎？他們的安全理應受到保障才對啊！」

「照理說是如此。可是，白石一家人經常罵藍獅是瘋子，白石先生更是投書中央新聞指責藍獅，他的投書還被刊登在報紙上，於是藍獅為了殺雞儆猴，才殺害白石全家。我認為這種可能性非常大，現在被拘留的重要關係人如果是清白的話，我們只好認為本案是藍獅所為了。」

「這可以報導嗎？」

「因為是事實，所以儘管報導好了。」

「可是，這會引起大騷亂啊！因為儘管佩戴徽章，可是如果不討他們歡心的話，就會像腳踏車店一家人一樣，慘遭殺害——」

「也許吧。可是，既然事實擺在眼前，那也是沒有辦法的事情。」

到了下午，各家晚報全都刊出了佐佐木警部的談話。

「腳踏車店全家被殺，是藍獅的懲罰嗎？」

「安全徽章不安全，連佩戴徽章的六歲小孩都慘遭殺害！」

諸如此類聳動的標題出現在報紙上。

電視報導說，看完晚報後，手持徽章前往三神德太郎的工廠要求退貨的年輕人，約有五、六十人。

「第一階段可以說大功告成。」
雖然矢部在搜查本部內向左文字這麼說，不過他臉上的表情卻是半信半疑。
「你真的認為他們會中計嗎？」
「我是這麼認為的。他們一定會證明自己的無辜。寺田浩二何時會被釋放？」
「預定是下午五點。」
「拘留二十四小時嗎？」
「沒錯。」
「由於野上是律師，大概可以預測出寺田浩二被釋放的時間。」
「你想他們會對他怎麼樣？」
「大概是把他帶到某個地方，讓他坦承認罪，並且加以錄音吧，畢竟他們很喜歡錄音。為了證明自己的無辜，他們之後大概會把錄音帶送給各家報社，因為利用傳播媒體，也是他們的愛好之一。」
「還有五分鐘。」矢部看著手錶說道。
「這個嫌犯寺田浩二的指紋，跟留在命案現場的指紋一模一樣，而且是從血泊中的桌子和柱子上採集到的指紋，你知道這意味著什麼嗎？」
「簡單說，他是不折不扣的真兇吧？」
「沒錯，所以我們是以證據不足為由，故意釋放真兇啊！」

「你就把它看成是放長線釣大魚好了，應該沒啥問題，何況寺田浩二也不會逃走嘛！」

「可是，如果藍獅沒出現，又讓寺田逃走的話，不只佐佐木警部，就連我也會被殺頭啊！」

「若是這樣，你不就可以跟我一起經營偵探事務所了嗎？是合夥經營喔！」

就在左文字這麼說時，一名年輕刑警急急說道：「那個傢伙已經被放出來了。」

外面的天色還很明亮。

寺田從新宿警署的正門走出來。

一走到大街上，他立刻張開雙手，大大地伸了個懶腰。據說被拘留的人一走到外面，第一個動作通常都是伸懶腰。

「有沒有加以跟蹤？」左文字問道。

「除了有兩名攜帶無線電對講機的刑警在跟蹤外，還有一輛沒有標識的巡邏車在待命。」

矢部一邊從窗子往下看著寺田的一舉一動，一邊用生氣的聲音說著；由此可以看出，他的內心是多麼焦急。

「他的公寓應該有刑警在監視吧？」

「那邊有佐佐木警部負責。」

「寺田身上有多少錢？」

「兩萬一千零六十圓。」

「那他或許不會直接回家，而是先去歌舞伎町喝一杯也說不定。」

就如左文字所料，寺田朝著鬧區的方向走了過去。

「我們也去跟蹤吧。」

矢部說完，便和左文字肩並肩離開了新宿警署。

「嫂夫人呢？」

矢部一面注視寺田的背影，一面像是突然想起來似地問左文字。

「去銀座監視野上法律事務所了。」

「你想他會有所行動嗎？」

「不，那個男的只會下命令，執行的是其他的人。不過，監視他只是以防萬一而已。已經確認串田順一郎和雙葉卓江的所在地了嗎？」

「沒有，只是確定他倆並沒有回大阪和福岡，並不知道他們目前在哪裡——我們無法二十四小時監視沒有證據的人。」

寺田可能因為被釋放，心情感到很輕鬆，所以相當悠閒地漫步著。

「混帳，居然這麼逍遙！」

就在矢部咬牙切齒的時候，突然有個五、六歲的小孩衝出來，遞給寺田一張小紙片後離去。

7

幾乎是反射動作地，左文字立刻衝出去追趕那個小孩。

就在小孩即將跑進附近公寓的那一瞬間，左文字一把抓住了他；眼睛大大的男孩以吃驚的表情仰望著左文字，好像把他當成是外國人了。

「午安，」左文字笑著對那個男孩說，「你剛剛是不是把信交給一個男人？」

「嗯。」小孩點點頭。

「可以告訴叔叔說，是誰要你把信交給那個人嗎？」

左文字從口袋裡掏出一枚百圓硬幣，放在小孩的掌心裡。

「那個人給我一百圓，要我絕對不能告訴任何人。」

「那麼，我再給你一百圓；如果那個人生氣的話，你就把這一百圓還給他好了。」

左文字說完，又拿出一枚百圓硬幣，放在小孩的手上。

「這樣就可以了。」小孩說。「是個身穿白色衣服的女人。」

「身高不會很高吧？」

「嗯。」

「有戴墨鏡嗎？」

「有。」

「那個女人只是要你把信交給那個男人嗎？」

「是的，所以才給我一百圓。」

沒錯，那個女人是雙葉卓江。左文字心想，他們終於展開行動了。

問完小孩的話之後，左文字回到矢部警部的身邊。

「是雙葉卓江。」

左文字做完簡短的報告後，抬眼注視著走在前面的寺田。

四周漸漸地昏暗下來，霓虹燈開始閃爍起美麗的光芒。寺田稍微加快腳步，朝著歌舞伎町的鬧區走過去。

「那封信裡面到底寫的是什麼呢？」矢部邊走著，邊像是喃喃自語般地說著。

「他看完信之後的態度怎樣？」左文字問道。

「瞬間環視了一下四周，然後便稍微加快腳步。」

「那麼，對方或許在警告他有人跟蹤也說不定。」

「也就是說，他們知道我們在跟蹤寺田是嗎？」矢部臉色大變。

左文字笑著說道：「他們可是ＩＱ一四○以上的天才，最好認為他們已經發現我們拿寺田浩二當餌，想將他們釣出來；既然如此，他們自然可以想像得出我們在跟蹤。」

「那麼，他們不會出現吧？」

「不，絕對會出現。儘管明知我們已經布下陷阱，可是，為了要把寺田坦白認罪的錄音帶送給報社，向日本國民證明自己是無辜的，他們必然會出現。他們綁架一億兩千萬名人質，這已經成為他們的宿命。」

「雖然我不是很了解，不過，如果他們出現的話，那就太謝天謝地了。犯人被逮捕之後，會怎樣呢？」

「什麼會怎樣？」

「就是一千五百億圓啊！」

「由於徽章失去效力，所以大家會要求退還五千圓，屆時三神夫婦又會變成身無分文了。」

「可是，那是正當交易啊！」

「如果那對老夫婦那麼堅持的話，警方就可以威脅說要把他們當成共犯，如此一來，他們還是非得退還五千圓不可；說起來，那對老夫婦不把髒錢帶去巴西，結局還會比較幸福些吧！」

就在他倆這樣交談時，寺田已經混入了歌舞伎町的人潮當中。左文字和矢部假裝跟丟似地停下腳步，因為還有另外兩名刑警在寺田的四周盯著。

雖然太陽已經下山，但氣候還是很溫暖，因此儘管不是星期假日，歌舞伎町一番町還是人來人往、熱鬧非凡。

寺田好像在尋找什麼般，邊環視左右邊走著。

他在新宿茶室向右轉，朝著區公所的方向前進。

這時，寺田忽然停下了腳步。
他停下步伐的地方，是一家名叫「火鳥」的酒吧。
其他店都在招攬客人，顯得很熱鬧，唯獨這家靜悄悄的。
寺田好像在確認般，看了一眼寫在門上的店名後，便走進了裡面。
在前面跟蹤寺田的兩名刑警當中的一名，跑來向矢部問說：「他已經進去裡面了，接下來該怎麼辦？」
「一個人進去，另一個繞到後門。」
在矢部的命令下，那名刑警想推開門，但是卻「啊！」地驚叫一聲。
「門打不開，從裡面反鎖了！」
「被反鎖？」
矢部也連忙朝著門跑過來。
門的確一動也不動。
矢部的臉色頓時變得很蒼白。
「把門撞開！」矢部向部下大吼道。
身強力壯的刑警開始用身體撞門。
撞第二次，門便開始鬆動；撞到第三次時，大門整個被撞了開來。
矢部等人立刻衝進店內。

什麼也沒有。

矢部和左文字打開電燈，茫然環視著空蕩蕩的店內。

沒有椅子、架上連一瓶酒也沒有，人影更不見一個，剛才進來的寺田已然消失無蹤。

左文字連忙打開後門。

繞到後面的刑警正好趕抵後門。

犯人在空無一物的這家店裡等候寺田，一進來就將他打昏，然後從後門把他帶走。

一名刑警在地上撿到了揉成一團的紙片。

你已被刑警跟蹤。

我們對你沒有惡意，請你來新宿歌舞伎町的「火鳥」酒吧。

紙片上是這麼寫的。

寺田一定是照著剛才那個小孩交給他的紙片，前來這家店的。

「一定是用車子載走了，快去找那輛車！」矢部一怒吼，兩名刑警立刻衝出店內。

過沒多久，馬上有一名刑警跑回來報告說：「好像有一輛車子在後面的小巷等候，搭載著一男一女跟昏迷不醒的寺田離去。」

「有沒有目擊者？」

「有幾個。由於這一行人是從酒吧街的小巷子出來，所以他們以為是在照顧喝醉酒的人。那輛車是白色的可樂娜。相當幸運的是，因為是停在禁停區，所以有人記下了那輛車的車牌號碼。」

「好，立刻去尋找那輛車！」矢部又怒吼了起來。

聽完矢部的發號施令後，左文字對他說：「我要去銀座跟野上律師見面。如果他們已被逮捕，你就打電話到那裡去找我。」

8

史子站在野上法律事務所所在的K大樓前面。

一看到左文字，她便以安心的表情說：「野上還在事務所裡。」

「是吧？他不用行動，只要下命令就可以了。」

「可是，那兩個人會掉進陷阱裡嗎？」

「讓他們給逃了，寺田浩二也被他們帶走了。」

「警方還真是沒用哪！」史子大大地歎了一口氣。

「話不能這麼說，畢竟目前還在追蹤中。我們要不要去跟野上見面？」

「去恭喜他嗎？」

「不要想得那麼壞啦。」

左文字微笑著，摟著史子的肩膀一起搭上了電梯。

一步入野上的法律事務所，只見野上正雙手叉腰，注視著窗外的銀座夜景。

野上回過頭來，笑著對左文字說：「啊！歡迎，歡迎！」

看他那麼高興，大概是已經接獲抓到寺田的報告了吧！

「或許你的部下現在正在拷問寺田浩二也說不定；由於串田順一郎是醫生，會不會叫他給寺田注射納粹開發出來的自白藥，好讓他坦承認罪，並加以錄音呢？」

「我不知道你在說什麼。」

「你不能說實話嗎？」左文字笑著說。「說真的，我實在很可憐你們。」

「可憐？」

「是的，很可憐。你們藍獅——」

「我不是藍獅。」

「這樣好了，我把你們當成藍獅；藍獅展開綁架一億兩千萬名日本國民的奇特作戰，而且很成功，目前以經有三千萬人付出五千圓贖金，佩戴保證安全的徽章；那種徽章對藍獅來說，是作戰成功的象徵，對警察而言，卻是屈辱與失敗的標記。」

野上默默傾聽著左文字說話，大概是左文字的話，對藍獅而言算是一種稱讚吧！

左文字繼續說：「可是，上次跟你見面的時候，我應該有說過，『當計畫成功之際，也就是滅亡的時候』。有三千萬人付出贖金、佩戴徽章，那就必須要保障三千萬人的安全，而三個藍獅是絕對無法保護三千萬人的；就像這次一樣，佩戴徽章的人被殺害的話，首先被懷疑的一定是藍獅，而這也證明他們的無能。像這種事件，不會只發生這麼一次就結束，佩戴徽章的有三千萬人，就代表這樣的事情還會繼續發生。明天，不，或許現在在日本的某個角落，已經又有佩戴徽章的人被殺害也說不定。如果不知道犯人是誰，或許警方就會以為是藍獅幹的，而報章媒體也會這樣報導；如果佩戴徽章都會被殺害，那憤怒的人們將會拿著徽章前往三神德太郎家，要求退還五千圓。」

「——」

野上默然轉身，背對著左文字夫妻。

左文字在野上的背後繼續說：「這次的一家五口慘遭殺害事件，藍獅一定會逼寺田坦白認罪，並且加以錄音，然後把錄音帶寄給各報社，證明這並不是藍獅幹的、那種徽章依然是安全的保障。可是，事情不會這麼簡單就結束，因為需要保護的人數多達三千萬人，所以之後還會陸續發生佩戴徽章的人遭到殺害的事件，如此一來，藍獅就不得不南北奔波，證明和自己無關，最後一定會感到筋疲力盡。再說，你以為逃往巴西，事情就結束了嗎？那就大錯特錯了。就算藍獅的其他成員能逃離日本，可是社會大眾並不會知道這點，因此，一旦有佩戴徽章的人被殺害，他們還是會懷疑是藍獅幹的，而留在日本的你，非得證明這跟藍獅沒有關係不可。這種事情會永遠持續下去、永無止境，所以我才說你們很可憐。」

「——」默然的野上顫抖了一下肩膀。

「每天打開報紙時，你、串田順一郎和雙葉卓江都陶醉在自己的勝利中，因為每天所發表的數字都在上升。眼看三神德太郎戶頭內的存款不斷飆升，是讓人覺得很愉悅沒錯，因為這表示你們的計畫非常成功。可是，這種成功已經開始向你們展開報復，你們現在應該很怕打開報紙，因為深怕又看到佩戴徽章的人在日本某地被殺害，不是嗎？」

野上依然沒有回答。雖然他看似背對著左文字和史子在欣賞銀座的夜景，不過，或許他其實根本沒在看也說不定。

左文字又繼續說下去。

「或許，明天就會有佩戴徽章的人某地被殺害，因為需要保護的人數多達三千萬人，而你們也無法說事不關己就置之不理，除了前面所說的理由以外，你們是天才也是原因之一。你們不是曾嘲笑二十萬名警察無能保護一億兩千萬名人質嗎？每年投注五千億圓鉅款的自衛隊，縱使動用精銳的武器，也無法保護人質嗎？現在同樣的情形發生在你們身上，單憑你們三人，能保護購買安全的三千萬人嗎？如果不能的話，這次就換成你們被嘲笑了。就跟你們嘲笑警察和自衛隊一樣，他們無法保護一億兩千萬名人質，你們也無法保護三千萬人；你們能做的，也只是證明他們的被殺不是自己幹的。雖然感覺起來似乎很困難，不過如果無法證明的話，你們就比被你們嘲笑的警察更無能，更何況天才也有自尊心，因此，今天你們才冒險把寺田抓走。可是，同樣的事情明天、後天都會發生，而你們就非得一再去抓出兇嫌不可，因為你們必須保護三千萬人的安全。」

「真會雄辯。」野上背對著左文字夫婦，以厭倦的聲音說：「沒想到私家偵探，居然會同情綁架案件的犯人啊？」

由對方說話的口氣很粗暴看來，這個能幹而冷靜的律師內心已經產生了明顯動搖。

「我喜歡頭腦聰明的人。」

「為什麼？」

「因為可以很冷靜地看清自己。你應該已經注意到，自己已然掉入因陶醉勝利而沒有發現的大陷阱裡了。」

「如果我不承認呢？」

「不，你應該已經知道，知道自己的計畫成功時，也就是開始露出破綻之時；不只是你，其他三人應該也都知道，只是基於天才的自尊心，才不承認自己的失敗。」

就在這時，電話突然響起，也在那一瞬間，野上回過頭來看著左文字，拿起電話聽筒。

「野上法律事務所。」野上這麼說完之後，向左文字說：「是你的電話。」然後把聽筒交給左文字。

「我是左文字——」

「是我啦！」是矢部警部的聲音。

「結果怎樣？」左文字看著野上，小聲問道。

雖然野上背對著左文字，透過窗子注視著夜晚的街道，不過，很明顯可以看出他正集中精神，在傾聽左文字講電話。

「在電話裡談好嗎？野上也在那裡吧？」

「沒關係，因為他應該已經接到報告，知道串田順一郎和雙葉卓江跟蹤寺田的結果。」

「那好吧。那輛可樂娜已經在一處空倉庫前找到了。我們一進入倉庫，就發現寺田蒙著眼睛被綁在椅子上；他的身邊有一卷錄音帶，和一張『警視廳・搜查一課收』的卡片。」

「你們已經聽過那卷錄音帶了嗎？」

「已經聽過了，是寺田坦承殺害白石一家五口的錄音帶。他們恐怕也會將同樣的錄音帶，送抵各大報社吧！」

「寺田怎麼樣？有沒有說什麼？」

「他好像出現了海洛英中毒的症狀，神情恍惚，不管問他什麼，他都是胡言亂語一番。在他的手臂上有注射的痕跡。」

「是什麼藥？」

「已經立刻將他送醫了，大概馬上就可以知道被注射了什麼吧！」

「多半是注射納粹在二次大戰期間發明的自白藥吧，因為串田是醫生，我想可以弄到那種藥。」

聽完左文字的話之後，矢部很生氣地一把掛斷了電話。

左文字放好聽筒後，抬眼注視著背對著他的野上。

「你都已經聽到了吧。」

聽左文字這麼一說，野上注視著夜晚的街道應道：「聽到什麼？」

「剛才的電話呀！雖然這次你已克服難關，不過，我要向你宣告，從現在開始，你和其他的夥伴再也無法安眠。早上起床打開報紙時，你們將會異常不安，害怕佩戴徽章的三千萬人有沒有人被殺害；不僅如此，你們最好也要擔心三神夫婦的安危。」

「——」

野上雖然沒有說話，不過他的背部明顯顫抖了一下。

「你想想，壞人會放過擁有那麼多錢的三神夫婦嗎？一定會有人想殺害那對老夫婦，把那筆鉅款弄到手。如果有人殺害三神夫婦，警察會怎麼想呢？他們一定會想，是藍獅的人意圖侵占那筆鉅款，所以才殺害三神夫婦的。因此，你們非得好好保護那對老夫婦的安全不可；唉，你們也未免太辛苦了哪！」

「——」

野上突然默默地轉過身來。

第十一章　勝利與失敗

1

警方針對在新宿歌舞伎町失蹤的可樂娜進行了徹底調查。

「可是，毫無所獲。」矢部警部向前來搜查本部拜訪的左文字和史子夫婦說道。

「是失竊車吧？」

「沒錯。」矢部說。「是前天在代田橋附近的私立停車場失竊的車子，車主是二十六歲的上班族，前天他向警方報案時，並無可疑之處，而且從丟棄的車上查不到指紋，方向盤、車門、收音機的開關等，全都被擦得乾乾淨淨。可是，很明顯可以看出，串田順一郎和雙葉卓江是用那輛車把寺田載到空倉庫，用藥物讓他坦白認罪。」

「能夠證明嗎？」

「有人看到那輛白色可樂娜，載著一男一女和昏迷的寺田離去，我打算根據那些目擊者的證詞，將串田和雙葉卓江逮捕。」

「可是……」

「你是說不行嗎？」

矢部的聲音驟然拔高了起來；大概是獅子沒有掉進布下的陷阱裡面，讓他感到很焦急吧。

左文字搖著手說：「我並沒有那麼說。我想串田和雙葉卓江也知道會被看到，由於他們已經申請巴西的永久居留權，因此，若是得到核可，他們就會出現在巴西大使館或外務省，屆時我們就可以逮捕這兩人；問題是，如果他們坦承威脅寺田，讓對方坦白認罪的話，你想會有什麼結果？他們一定會堅稱這是為了盡市民的義務，也是為了維護正義。」

「這種事情該由法院裁決才對吧？」

「是的，可是，就算這樣好了，你想他倆觸犯了什麼罪？是偷車、非法監禁和恐嚇吧？只是他們監禁的是殺人犯，一旦野上律師替他們辯護，頂多就是被判緩刑一年罷了。」

「這我知道。」矢部很生氣地說著。「可是，其他還能怎樣？」

「寺田現在狀況如何？」

「今天早上出院時，我們又將他逮捕回籠了。由於已經無法使用他來做釣餌，再加上把真兇釋放出去，這是我們警方的嚴重挫敗，讓人感到頭痛。就如你所想的，為了讓他坦承認罪，他們對他使用了藥物。」

「如此一來，他們又多了一項罪狀，那就是違反藥事法；可是，這也會判緩刑吧。」

「不能再度向他們布下陷阱嗎？購買徽章的人有三千萬人，或許又會有一、兩個人被殺也說不定，到時候就可以再布下同樣的陷阱吧？」

「不行。」

「為什麼？」

「他們的確很害怕又有購買徽章的人被殺害，因為他們有責任保護購買徽章者的安全；可是，我們無法布下同樣的陷阱。」

「這又是為什麼？」

「第一，他們不會冒同樣的危險；第一次他們可以說是盡市民的義務，而法官或許會同意也說不定，可是假使第二次又這樣說的話，搞不好會讓法官認定他們跟藍獅有關係。這個社會就是如此，聰明的他們應該不會去冒這種危險才對。第二點就是，警方的第一個陷阱已經失敗了。」

「你是在責備我們嗎？」

「我認為你們可以在他們逼寺田認罪的時候，就把他們逮捕起來的。」

「你現在是在說風涼話啊！」

「我並沒有在說風涼話，只是在陳述冷酷的事實罷了。他們取得寺田坦承認罪的錄音帶後，一定會寄給各報社。」

「日本是民主主義國家，警察沒有權力禁止報社發表那卷錄音帶。」矢部咋舌道。

「因此，」左文字說，「錄音帶一旦被發表出來，任誰都知道警方遭遇嚴重挫敗，而社會大眾多半也可以看得出那是警察為了讓藍獅中計，所以在明知寺田是真兇的情況下，還拿他當誘餌布下陷阱；既然這樣，此時要是再布下同樣的陷阱，你想會成功嗎？如果警察再發表這是藍獅幹的，我想社會大眾一定會認為警察又在布陷阱了。」

「喂！喂！提議設下這次陷阱的可是你啊！」

「因為我確信第一次的陷阱可以讓他們上鉤，而且我也相信以警察的能力，縱使他們取得寺田坦承的錄音帶，也可以把他們逮捕起來。」

「我們已經盡力了——」

「謀事在人，成事在天。」

「你說什麼？」

2

離開搜查本部，返回事務所的途中，史子向左文字說：「你說的有點過分了，矢部先生他們已經很盡力了啊！」

「這我知道，所以我不是安慰他了嗎？謀事在人，成事在天啊！」

「這是你在諷刺他以後才說的。」史子吐槽道。

「我並無意諷刺他啊！」

「可是，你已經說了。還有，我問你，『謀事在人，成事在天』這句話是誰說的啊？」

「諸葛孔明。」[26]

「喂！你以為自己跟孔明一樣是大天才嗎？」

「妳也滿會諷刺人的嘛！」左文字笑笑說著。

他們搭乘電梯，回到三十六樓的事務所。

從三十六樓往下看新宿的街道，或許是因為烏雲密布的關係，所以看不清街景。

史子一面沖泡咖啡，一面問說：「再來會怎樣？」

「我可以預料到一件事情，那就是他們會把錄音帶寄給各報社，而各報社也一定會發表出來，因為它具有新聞價值，尤其是以藍獅的名義寄的話，更是有新聞價值，畢竟目前在日本，最有新聞價值的就是藍獅了。」

「可是，如果他們以藍獅的名義寄錄音帶，不就等於自掘墳墓嗎？」

「我知道妳的意思。」

左文字笑著點燃香菸，一副跟聰明女人談話很高興的樣子。

「妳的意思是說，如果串田和雙葉卓江被逮到是綁走寺田、還逼他自白的犯人，那麼寄錄音帶的這件事，就等於變相承認他們是藍獅，是不是？」

「正是如此。」

史子點點頭後，把咖啡放在左文字的面前。

左文字喝了一口不摻糖的咖啡後，反問史子說：「真的是這樣嗎？」

註26：典出《三國演義》第一〇三回，諸葛亮火燒上方谷，眼見司馬懿父子就要喪命大火之中，不料此時忽然天降滂沱大雨，司馬父子因此得以脫困而出，孔明因而有此喟歎。

「為什麼你會這樣問？」

「警察一定很賣力在尋找串田順一郎跟雙葉卓江，因此他們的行蹤多半會被找到，或許在新宿歌舞伎町看到那兩人跟寺田一起的證人，也會向警察作證；可是，如果到時他們用以下的理由來搪塞，妳想會有什麼結果？『是啦，我們確實是抓走了寺田，還逼他坦承認罪，然後把錄音帶寄給各報社；可是，那時候我們之所以使用藍獅的名義，是因為認為這樣比較有效果，並沒有其他的意思。』這樣一來，警方也無法證明他們是藍獅。」

「有這樣的事嗎？」

「很遺憾，就是有這麼一回事。自從發生藍獅事件以來，假冒藍獅的名義，打電話給報社、電視台跟警察提供假消息的案件將近三百件；以目前這種狀況，若只是使用藍獅的名義，雖然也算是犯法，可是並無法證明他們真的是藍獅呀！」

「真是這樣嗎？」

「是的。」

「哼！」

史子好像很不滿地冷哼了一聲後，端起咖啡喝了一口。

接著，她默然注視著窗外，說了聲：「新聞時間到了。」然後便打開了電視。

電視雖然浮現出畫面，但卻沒有聲音。

「啊！」

史子突然大叫，並不是因為沒有聲音的關係。

「你看！」史子提高嗓門說：「串田順一郎和雙葉卓江出現在畫面上！」

3

左文字笑著抬起眼望向電視；就在那一瞬間，笑容從他的臉上迅速褪去。

就如史子所說的，串田順一郎和雙葉卓江聯袂出現在電視上。

「別開玩笑了啦！」

「聲音！」左文字大喊。

史子連忙轉動聲音調整鈕。

消失的聲音突然迸出來。

是記者會的畫面。

有一名記者舉起錄音機，向並排坐在前面的串田和卓江問道：

「聽說是你們把寺田浩二的自白錄音下來，這是真的嗎？」

「是的。」串田很鎮定地回答。

「有什麼證據足以證明那份自白絕對屬實？」另一名記者這麼問。

串田又這麼回答：「我想只要聽過那卷錄音帶就會知道，因為裡面所陳述的都是只有犯人才知道的事情，何況警察又把寺田再度逮捕歸案，我想這些都可以做為寺田浩二是真兇、以及那卷錄音帶裡的自白為真的證據。」

「是你們把被警方釋放的寺田浩二用車子載到空倉庫，然後讓他坦承犯罪嗎？」

「我要附帶聲明一件事情，那就是我們從他的自白知道他是真兇後，才將這些自白錄音下來，交給警察的。」

「為什麼你們要這樣做呢？」

「是為了社會正義，或者說是盡市民的義務也可以。看到殺害一家五口的犯人出現在眼前，將他逮捕起來，以盡善良市民的義務，難道不行嗎？」

「可是，用車子把他載到空倉庫，讓他坦承認罪並加以錄音，這樣做不是有點過分嗎？」

「如果是一般情形，或許是有點過分，可是，這次事情顯然有點蹊蹺，因為我們覺得警方明知道寺田浩二是真兇，卻還是故意把他放掉，如此一來就算打一一〇報案也沒用，因此我們兩人才把他抓起來，讓他坦承認罪。由於我是醫生，從寺田的相貌、骨相和精神構造來看，他很有可能再度殺人；因此，雖然明知這樣做有點過分，但為了防範未然，我們不得不採取這種手段。」

「我想問一個現在正在看這個節目的人最關心的問題，那就是：你們跟藍獅有沒有關係？」

「毫無關係。」

「可是，有傳言說警察懷疑你們是藍獅，因此正在調查——」

「是有那種傳言。」

串田這麼說完，以諷刺的眼神環視著在場的記者。

「我和坐在我旁邊的雙葉卓江只是ＩＱ很高，卻被警察懷疑是藍獅的一員而加以調查，幸好這種疑慮已經解除了；不過，由我來看，警方好像太注重藍獅了。」

「這話怎麼講？」

「這次的一家五口被殺案件，任誰來看，都是因個人恩怨而引發的殺人事件；或許該說，冷靜想一想的話，除了個人恩怨外，再無其他可能。可是，警方卻故意向新聞記者發表說『有可能是藍獅幹的』，而把最有嫌疑的寺田浩二釋放掉。警方之所以會這麼做，我想到兩個理由，一是為了布陷阱讓藍獅中計，才在明知寺田是真兇的狀況下，還將他加以釋放；另一個理由則是警方認定這是藍獅所為，才沒有發現寺田是真兇。不管哪一種理由，我們都認為很危險，因為警方讓殺人魔逍遙法外，隨時都有可能再殺人，因此我和她才把寺田抓起來，用我們的方法讓他坦承認罪。」

「如此一來，警方釋放寺田時，你們剛好在那裡嗎？」

「你們要那樣想也可以。」

「可是，儘管這樣，你們不是也觸犯了幾條法律嗎？」

「哦，是什麼？」串田笑著注視記者。

「首先是偷車。」

「那是不得已的事情，因為有必要將寺田帶到安靜的地方。」

「此外是非法監禁。又，如果採取拷問的方法讓對方坦承認罪的話，不是又多了一項罪名嗎？」

「不，我不那麼認為。因為對方是殺害一家五口的兇惡犯人，所以儘管採取的省段有點激烈，但這也是一種緊急避難的方法。至於偷車，由於我們事後已經取得了車主的諒解，所以不算犯罪。」

「最後，對於這次的事情，你有話想說嗎？」

「有。我想告訴警察當局，如果想成功，就不要再做出像是故意把真兇放掉這種愚蠢的事情。」

「你這是在向警察挑戰嗎？」

記者們板著臉孔問道。串田笑著說：

「不，這只是一介市民的希望而已。」

4

「真是讓人受不了的傢伙。」

左文字一邊慢慢搖著搖椅一邊歎息。

「雖然是敵人，不過頗讓人佩服。」史子也說。

「真是好膽量，居然出人意料地自己舉行記者會，不愧是ＩＱ一四〇的人。」

「可是，他們未免也太過自信了，難道不知道自己這麼做是在冒險嗎？」

「或許他們對這種冒險很樂在其中吧？」

「也許吧。」史子點點頭，又繼續說著：

「那麼，你想那兩個人會怎樣？會像矢部警部所說，被判刑一年、緩刑三年嗎？」

「這是他們被警方逮捕的情況下，才會如此被判刑；可是，那兩個人不但坦白承認，而且很狡猾地不是向警方自首，而是冷不防地舉行記者會，並且叫電視台轉播，如此一來，傳播媒體和社會大眾多半會同情他們，就算警察逮捕他們，恐怕也會無罪開釋吧。」

左文字的預測果然不幸中的。

因為隔天下午，矢部一臉疲憊地出現在左文字的事務所。

「我舉手投降。」矢部在沙發上一屁股坐下來，大大地歎了一口氣。

史子一邊請矢部喝咖啡，一邊安慰他說：「請振作點。」

「我是想振作，可是實在沒有辦法，因為串田和雙葉卓江已經在今天被釋放了。」

「你們曾逮捕他倆？」

左文字用那雙藍眼睛注視著矢部。

「沒錯。可是，那兩個人指責警方明知真兇是寺田，卻故意放他逃走，也因此，上頭才命令釋放他倆。」

「那偷車案又如何？串田在記者會上說，已經得到車主的諒解，所以不犯法。」

「就如他所說的，被盜的車只是個名叫小牧良介的上班族；這個小牧突然改變態度，說自己認識那兩個人，因此同意把車借給他們。這樣一來，我們一點辦法也沒有。」

「會不會是他們拿錢收買了那個車主？」

「也許吧。不過，經我們調查的結果，這個小牧良介的風評不是很好，或許有什麼把柄落在他們手上也說不定。看樣子，我只有投降一途了。」

矢部很難得說出這樣洩氣的話。

「現在投降不是太早了嗎？」

左文字好像在鼓勵矢部般笑著這樣說，可是，矢部卻聳聳肩膀回答：

「可是，你說我還能怎樣？你曾說過無法再使用同樣的陷阱，這樣下去，不是只能眼睜睜看著他們相繼逃往巴西嗎？因為，我已經無計可施了啊！」

「你的意思是，我們就沒有任何辦法，能證明野上、串田和雙葉等人是藍獅嗎？」

「目前是毫無辦法，光憑推測是無法逮捕他們嗎？」

「原來如此。」

左文字從搖椅上站起來，往窗戶走過去。

只見他雙手抱胸，注視著已近黃昏的新宿街頭。

霓虹燈開始閃爍；不管什麼時候，從三十六樓往下看，霓虹燈都是那麼美麗。

「有一件事情相當吸引我的注意。」左文字抬起眼，注視著窗外說。

「跟這起案件有關嗎？」矢部問道。

「有關。當你們在追查可樂娜時，我正跟史子在法律事務所裡和野上見面。」

「結果如何？」

「我威脅野上說，他們的成功就等於滅亡；現在他們每天應該感到很害怕，因為自己身負著維護三千萬名佩戴徽章者的安全重任。」

「可是，無法因為他們害怕，就把他們抓起來啊！更何況，串田和雙葉根本不像很害怕的樣子！」

「那是基於身為天才的強烈自尊心，讓他們設法抑制住害怕的模樣被表露出來，不過，那時候……」左文字忽然將視線轉向史子說：「妳沒有注意到吧？」

「我有注意到。」

「是嗎？」

「是你在講話時，一直背對著我們的野上突然轉過身的那個時候吧？那時野上的臉色非常難看，讓我大吃一驚；為什麼他的臉色會變得那麼難看呢？」

「你們在說什麼呀？」矢部來來回回看著左文字和史子的臉。

「就如剛才所言，我威脅野上說，『三個人能夠保護三千萬人嗎？』那時候他好像強忍著，大概不喜歡讓人看到自己內心的動搖，所以才一直背對著我；可是，當我最後說出『你們要是無法保護三神夫婦，那就慘了』的時候，他突然臉色很難看地轉過身來，很明顯可以看出，他的內心已經產生了劇烈動搖。可是，我不明白他何以會那麼狼狽？所以一直在想著這個問題——」

「大概是因為如果三神夫婦被人殺害，他會感到很傷腦筋吧？又或者是除了佩戴徽章的三千萬人外，還非得保護三神夫婦不可，猛然發現這個事實，讓他慌了手腳呢？」矢部說。

「都不是。」左文字應道。

「為什麼不是？」

「對方是天才，我不認為像這種事情，他會直到今天才注意到，更何況目前三神夫婦家，應該還有刑警在監視吧？」

「當然有，因為我們想知道有誰會和那對老夫婦接觸。」

「野上不可能不知道這件事。有警察在監視，就等於警方正在保護三神夫婦，因此，藍獅應該不用特別擔心三神夫婦的安危才對。然而，野上何以會那麼驚慌呢？」

左文字面有難色地沉思著，然後，他突然拿起話筒，撥了野上律師事務所的號碼。

櫃檯小姐一接起電話，左文字便壓低著嗓子說：「我想請野上律師替我辯護。」

「目前律師暫時不接案子。」櫃檯小姐答道。

「是因為案子已經排滿了嗎？我真的非常希望律師能為我辯護。」

「從明天下午開始，律師要出去旅行一個禮拜，所以很遺憾，無法接你的案子。等律師回來之後，請你再打電話來，好嗎？」

「律師的目的地是巴西嗎？」

「這我就不知道了。」

「謝謝妳。」

左文字一掛斷電話，立刻臉帶微笑，看著矢部和史子。

「事情愈來愈明朗了。」

5

左文字又在搖椅上坐下來，點燃香菸。

「野上要去巴西旅行。」

「他想逃嗎？」

聽矢部以嚴肅的表情這麼一問，左文字搖著手說：「不是。既然警方都已經投降了，那他有什麼必要逃走呢？」

「可是，他去巴西是真的嗎？」

「我想應該不會錯，因此才讓我感到很有趣。你試著想想看，由於三神夫婦有警察在保護，應該很安全才對，可是，他們畢竟上了年紀，難保不會病死；如果三神夫婦死了，龐大的遺產將會怎樣呢？」

「當然是由在巴西的獨生子一男繼承所有的財產。」

「若是那樣，藍獅應該不會感到很困擾才對，因為他們會移民巴西，跟三神一男生活在一起；然而，野上為何會那麼驚慌呢？」

「或許是——」史子說：「或許是三神夫婦死後，那筆龐大的遺產將無法落入藍獅的手裡。」

「這話怎麼說？」矢部問道。

左文字將菸蒂捻熄在菸灰缸裡後，開口說道：「史子的意思是，三神夫婦在巴西的獨子一男，會不會已經死了呢？」

「什麼？」

「這不用想也知道，身在巴西的三神一男一定不喜歡把那筆鉅款分給藍獅的人，那麼，若是已經移民巴西的牧野英公知道此事後，將三神一男幹掉並假冒他的話，你想會怎樣？如果三神夫婦健在，且攜帶鉅款前往巴西的話，他們一定會控制住老夫婦，把這筆錢弄到手；可是，如果三神夫婦在日本死掉的話，你想又會怎樣？有關機構一定會詳細調查那筆龐大遺產的繼承人，而已經死去的獨生子是無法返回日本的，換言之，那筆鉅款也就無法落到藍獅的手裡。」

「因此，野上才連忙前往巴西？」

「我想他是去跟牧野英公商量，萬一三神夫婦死了該怎麼辦？這是我的斷言，而且理應不會有錯。」

「可是，」矢部警部又輕輕歎了一口氣。「三神夫婦的氣色實在很好，我不認為他們在取得巴西的永久居留權前會突然死去；更何況有警察在監視，他們要被殺害也不可能。」

「不過，還是有辦法的。要不要試試看？」

「你不會是真的要殺害三神夫婦吧？」

「我是善良的一介市民，不會做那種糊塗事，也不會去做犯法的事情；我所想到的，是一個極為簡單的辦法——」

6

翌日早上十點。

三神文代就跟往常一樣，提著購物籃出門。

當然，她的身後有便衣刑警在跟蹤。

文代進入離家約三百公尺遠的超市，購買了一千兩百圓的東西。

當她付完錢離開超市，走沒多遠時，有一輛車忽然在她的身邊停了下來。

「三神太太。」

從車窗探出頭呼叫文代的是矢部警部。

「我有一些事情想問妳，請妳跟我去警署一趟。」

矢部這麼說完之後，文代一邊以困惑的表情環視四周，一邊說：「可是，我趕著回家──」

「不要緊，馬上就結束了。」

矢部走下車，一面催促文代上車，一面向跟蹤的刑警比了個ＯＫ的手勢。

文代一臉莫可奈何地上了車。

沒有標識的巡邏車，朝著共同搜查本部所在的新宿警署前進。

「請放輕鬆。」

「我怕先生會擔心，可以讓我打個電話嗎？」文代以焦急的聲音說著。

「喂！把茶端來！」矢部這麼吼叫後，轉向文代說：「我們會和妳先生聯絡，妳不用擔心。來！請喝茶，這可是上等茶喔！」

「有什麼事嗎？」

文代沒有伸手端茶，而是板著臉孔問道。

矢部以老練的手法喝了一口茶後，開口說：「這個嘛，我可以向妳請教一些關於令郎的事嗎？在那一封信之後，妳有沒有再接到令郎的來信？」

「沒有，不過我知道兒子在巴西平安無事，所以很放心。更何況我已經申請巴西的永久居留權，如果申請通過的話，就可以和兒子見面了。」

「妳知道令郎在巴西的地址嗎？」

「知道，地址放在家裡。」

「電話呢？」

「有，是聖保羅市內的電話。」

「妳曾經打過那支電話嗎？」

「打過，一共打了三次。」

「接聽的是令郎嗎？」

「是的。」

「三次都是令郎接的嗎？」

「他只接了第一次，以後兩次剛好有事外出，所以不是他接的。」

「是誰跟妳說令郎有事外出的？」

「是跟我兒子住在一起的年輕男子，也是日本人，跟我兒子一起做事。」

「妳知道那個年輕人姓什麼嗎？」

「知道，是牧野。他怎麼啦？」

「牧野，全名是不是叫牧野英公？」

「我只知道他是姓牧野——」

「那麼，我再問妳其他的問題。」矢部坐直了身子說道。

7

三神德太郎在工廠一面督導工人做事，一面看了好幾次手錶。

中午已經過去，午休結束，工人又開始工作。

（都已經過了中午，還沒有回來……）

德太郎皺著眉頭喃喃自語。

這種事情還是第一次發生，平時文代總是買好東西，就會回家準備午飯的。

（難道在路上被車子撞了嗎？）

就在德太郎這麼想時，電話鈴聲忽然響起。

德太郎大吃一驚地拿起電話聽筒，裡面傳出一個男人含混的聲音：

「是三神德太郎先生嗎？」

「我是。你是什麼人？」

「我是誰你不必管，總之，我已經綁架了你太太。」

「什麼？」

「你不用那麼吃驚，我只是綁架了你太太而已。」

「你是什麼人？」

「你可以叫我們白獅；如果你想讓太太平安無事回家，就把一千五百億圓存款全都給我們。」

「內人在你那裡嗎？」

「她目前平安無事，你可以放心。怎樣？你是不是為了吝惜那筆錢，而想眼睜睜地看著你太太被殺害呀？」

「你說你綁架了內人，這是真的嗎？」

「你太太今天早上十點前往超市購物，我們是在她離開超市時綁架她的，到現在她還沒有回家，就是最好的證明。」

「可是，那筆錢是我兒子在巴西經營牧場的資金呀！何況還沒有納稅——」

「那麼，我給你兩個小時，好讓你打國際電話給你兒子；兩小時後，要是你還下不定決心把所有財產交給我們，那我們就要毫不留情地殺害你太太了喔！」

「喂！這樣未免太急了——」

德太郎一臉蒼白地說著，可是對方不等他把或說完，便冷酷地掛斷了電話。

德太郎手握話聽筒，呆立在原地默然不語。

直到目前為止，一切都進行得很順利；再過一個月，自己就可以取得巴西的永久居留權，前往巴西和兒子一起經營牧場了，沒想到卻發生這種事情……

可是，文代是不可多得的好太太，不能不救。問題是，要是把所有的財產都給綁匪，那就沒有錢給在巴西的兒子了。

（跟警察商量看看吧！）

德太郎的腦中瞬間浮現起這個念頭，不過又隨即打消了，因為他想起自己不便和警察商量。

「我出去一下。」德太郎向在工廠裡工作的人們丟下這句話後，便動身外出。

他首先前往的是文代購物的超市。

店員記得文代。

「十點的時候有看到過她，她買了一千兩百圓的東西。」入口處的櫃檯小姐摸著頭髮向德太郎說道。

「之後她去哪裡了，妳知道嗎？」

「不知道，不過我無意中往外一看時，看到她上了一輛車。」

「是計程車嗎？」

「不是，是黑色的車子，好像是被一個男的硬逼上車的。」

（果然是被綁架了……）

德太郎忘記向對方道謝就離開超市，進入附近的公共電話亭。

他只有一個可以商量的人。

德太郎撥打的是野上法律事務所的電話號碼。

「是我。」德太郎以哀求的口吻向接電話的野上說：「請幫幫我吧！」

「我不是跟你說過，在我離開日本之前，不要打電話給我嗎？」野上用嚴厲的聲音說著。

「我知道，可是，內人被人綁架了，這該怎麼辦才好？」

「這是真的嗎？」

「是真的，有人看到內人被人帶走，而我也接到了綁架犯打來的電話。」

「綁架犯提出什麼要求？」

「要我把所有的存款都給他。」

「你答應他了嗎？」

「內人是很好的女人，跟我一起生活了二十八年，我不能見死不救。」

「可是，你可別忘了，那筆錢是你兒子在巴西經營牧場必備的資金呀！」

「因此，我想打電話給在巴西的一男，得到他的諒解。最近我打過幾次電話，都是你們的夥伴牧野先生接的，不是我兒子接聽電話。」

「你兒子很忙，我想他一定是希望在你們前往巴西前完成牧場的基礎設計，所以才那麼努力吧！」

「可是，這次無論如何，我一定要得到兒子的諒解，一定要讓兒子明白。」

「讓他明白什麼？」

「反正那些錢是骯髒錢，為了內人的安全，我可以全都不要。儘管一無分文，但只要我們一家三口在巴西通力合作，一定什麼事都能做得到，只是要對你和串田先生幾位說聲抱歉就是了。

我要讓兒子明白這件事，並且請求你能諒解。」

「你打算把一千五百萬圓交給綁架犯嗎？」野上在電話那頭吼叫著。

德太郎也對著電話口吼回去說：「你有其他辦法嗎？如果有的話，就告訴我啊！」

「哪！不要激動，我們可以見面商量嗎？原宿有一棟名叫『原宿藍天出租公寓』的十層公寓，那是我私人使用的地方，你能立刻來那棟大樓七樓的七〇一號室嗎？我們就在那裡好好商量吧。」

8

四十分鐘後，德太郎搭乘計程車，抵達位在原宿的「原宿藍天出租公寓」。

他搭乘電梯前往七〇一號室，一敲門，表情嚴肅的野上便打開大門。串田順一郎和雙葉卓江，已經坐在十二坪大的客廳裡面等著。

「無論如何，我非打電話給在聖保羅的兒子不可。」德太郎說完，伸手拿起房間內的電話聽筒。

雖然花了二十分鐘的時間轉接，可是傳入德太郎耳內的並非兒子，而是牧野英公的聲音。

「你兒子剛剛有事出去，等他回來後我會轉告他，說你打電話找他。」

如果是在平時，德太郎會說「那就拜託你了」，然後掛掉電話；可是，今天他沒有那樣做。

「請你立刻把我兒子叫來聽電話，我有重大的事情要跟他說。」

「可是，他已經出去工作了，我沒辦法馬上把他叫來聽電話呀！」

「你那邊現在是晚上吧，難道說我兒子連晚上也在工作嗎？」

德太郎的內心稍微感到有點疑惑。

「現在這裡的確是晚上，不過，你兒子說在父母來之前，有一些事情非完成不可，所以就連晚上也在工作。」

「無論如何，請你立刻叫我兒子聽電話，因為有件事情非要我兒子出面不可；我是要告訴兒子說，為了解救內人，我要把好不容易賺來的錢全部交給綁架犯。」

「等一下，我不知道你在說什麼──」

「我現在只想跟我兒子通電話。前兩次都是你接電話，說我兒子在工作，你到底有沒有把我的電話轉告給我兒子？」

「當然有轉告。」

「若是有，為什麼我兒子連一次也不回我電話？這不是很奇怪嗎？」

「是這樣的，你兒子說馬上就可以見面，所以──」

「我兒子不是那種人，請你立刻叫我兒子聽電話，不然的話─」

電話忽然被切斷了。

是野上用手指按下了話機上的斷話鍵，將電話給切斷的。

「哪！請你鎮定一點！」

野上抱著德太郎的肩膀說道。德太郎的手裡還拿著話筒。

「我想跟我兒子講話。我兒子在巴西真的平安無事嗎？如果平安無事，為什麼不回我電話？」

「今晚我就要去聖保羅，我會幫你調查你兒子是過著怎樣的生活，所以你不用擔心。」

「我現在就想跟我兒子講話。我希望在綁架犯打電話過來以前，能夠得到我兒子的諒解。」

「你打算怎樣回應綁架犯？」串田問道。

德太郎很粗暴地放下話筒後說：「當然是打算照對方的要求，把所有的錢都交給對方，因為這樣才能換回內人的生命。如果我兒子還平安無事的話，我要讓他了解這件事情。」

「他不會了解，絕對不會了解的！」

突然歇斯底里大叫起來的是雙葉卓江。

「那筆錢不光是你的，是我們這些天才絞盡腦汁才弄到手的，只是因為你會製作徽章，所以我們才利用你；現在，你怎麼可以為了太太的安全，就想把那筆錢全部交給綁架犯呢？」雙葉卓江咬牙切齒地大聲叱責德太郎。

德太郎也不甘示弱地回擊說：「可是，那些錢是我賺來的，我要怎麼用那是我的事，妳管不著吧！」

「你說太太被綁架，不會是不想把錢分給我們，自導自演的戲吧？」

「給我住嘴！已經沒有時間了，我要回家答應犯人的要求；我兒子應該會理解，而你們也會理解，為了解救內人的生命，我不得不這樣做！」

「別開玩笑了，已經死去的人是絕對不會理解的！」

「雙葉卓江！」

雖然野上連忙加以阻止，可是，已經來不及了。

德太郎臉色大變，以非常憤怒的眼神睨視著雙葉卓江。

「我兒子果真被你們殺害了嗎？」

「牧野先生偷看他寫給你的信，知道他背叛我們，想獨吞那筆錢。」

「因此，你們就殺害他？」

「他本來就是個愚蠢的人，我們的團體不需要這種人」

「混帳東西！」

德太郎冷不防地向卓江猛撲過去。

六十五歲的老人在盛怒下，奮力掐住卓江的脖子，卓江被掐得發出沙啞的慘叫聲。

串田拿起擺在附近的銅製花瓶，朝德太郎的後腦勺毆打下去。

德太郎應聲倒地。正當串田撿起花瓶，又想繼續毆打老人時，野上發出怒吼說：「不要打死他，打死他就拿不到那筆錢了！」

就在這時，公寓玄關口傳來激烈的踹門聲；門一被踹開，左文字和幾名刑警立刻一起衝進來。

左文字環視一下客廳後，向臉色蒼白的野上說：「你還有什麼話好說？」

「沒有。」野上搖著頭說：「我只想提一件事情，你願意聽嗎？」

「請說吧。」

「如果是在平時，我應該不會中這種圈套才對。」

「沒錯，害怕的人是很容易中計。」

左文字笑著說罷，使用屋內的電話跟搜查本部的矢部警部取得聯絡。

「事件到此落幕。」

9

從三十六樓往下俯瞰的都會夜景，彷彿充滿了初夏的氣氛。

史子一面沖泡即溶咖啡，一面向坐在搖椅上的左文字問道：「結果會怎樣？」

左文字抬眼看著窗外的夜景說：「根據矢部警部的說法，藍獅的人大概會被判死刑。不過，三神夫婦雖然是共犯，但因為他們沒有殺人，再加上他們是為了獨生子，才聽從藍獅的話去做，因此如果請到好律師的話，或許只會被判個五、六年也說不定。」

「我擔心的是一千五百億圓的鉅款。」

「哎呀呀，」左文字笑著說，「購買徽章的人如果決定退還徽章的話，那三神夫婦就非得把五千圓還回去不可；不過，從事件落幕到今天都已經過了兩個禮拜，前往三神製作所要求退錢的人卻只有五個人，而且其中還有兩個人中途改變心意打了退堂鼓。」

「怎麼會這樣呢？」

史子一邊感到不解，一邊把咖啡放在左文字的面前。

左文字一面加砂糖，一面說：「事件結束的那一瞬間，那種徽章就再也不是安全的保障。」

「既然這樣，那大家不是會紛紛要求退錢嗎？」

「可是，那種徽章好像具有古董的價值。」

「哦？」

「據說有些地方的交易價格，已經漲到了七、八千圓。」

「那麼，那筆錢呢？」

「依然是歸三神夫婦所有。當然啦，是要繳納稅金沒錯，不過就算繳完稅金，好像還有將近四百億的純利——換句話說，坐個五、六年牢，出獄之後，那對老夫婦就變成億萬富翁了。」

「這個社會真是瘋了。」

「是的。」左文字點點頭後，又抬眼注視著霓虹燈閃爍的新宿夜景。

「儘管瘋了，市容還是很美麗。」

迷迷015
華麗的誘拐（完全改訂版）

KAREI NARU YUUKAI

Original Japanese edition published by TOKUMA SHOTEN PUBLISHING CO., LTD., Tokyo.
Chinese version in Taiwan, Hong Kong by New Rain Publishing Co, Taipei.
under the licence granted by TOKUMA SHOTEN PUBLISHING CO., LTD.
through THE SAKAI AGENCY CO, Tokyo and BARDON-CHINESE MEDIA AGENCY, Taipei.

作　　者　西村京太郎
譯　　者　林達中
監　　修　鄭天恩
編　　輯　鄭天恩
行銷企劃　林家合
發 行 人　王永福
出 版 者　新雨出版社
地　　址　新北市三重區重安街一〇二號八樓
電　　話　(02)2978-9528・(02)2978-9529
傳真電話　(02)2978-9518
郵政劃撥　11954996　戶名：新雨出版社
電子信箱　a68689@ms22.hinet.net
出版登記　局版台業字第4063號
出版日期　二〇一四年七月二版
I S B N　978-986-227-155-1

歡迎讀者郵購劃撥本社圖書
本書如有缺頁、誤裝，請寄回更換

國家圖書館預行編目資料

華麗的誘拐（完全改訂版）
／西村京太郎著；林達中譯．
－－初版．－－新北市三重區；
新雨，2014. 07 面；　　公分

ISBN 978-986-227-155-1(平裝)
861.57　　　　103013596

新雨Facebook
www.facebook.com/newrain.publishing